風の港

再会の空

村山早紀

Saki Murayama

徳間書店

風の港　再会の空

目次

イラストレーション　水谷有里
装幀　岡本歌織
（next door design）

第一話

十二月の奇跡

大きな空港の出発階の、広々とした窓からは、午後の日が燦々《さんさん》と射《さ》し込んでいて、辺りはまるで温室のように空気が暖まっていた。――暖かい、というよりはいっそ汗ばむほどに蒸し暑い。およそ十二月だとは思えない。

椅子《いす》に腰掛けて空を見ていた彼は、右の眉《まゆ》をひそめた。六十代も終わりにさしかかろうという年齢の彼には、ここのところの日本の四季は、異国のように暑すぎて、辛《つら》かった。特に病《やまい》を抱《かか》えているいまは。

さきほどからどうも、身のうちの深いところが痛む。身をかがめ、高級な背広越しに、胸の辺りをさする。この病には暑いのはどうもよくないらしい。思うに、体調を崩したのはこの夏からだ。いやどんな病だろうと、いまの彼のように全ての数値が途方もなく悪く、医師に嘆息《たんそく》され、どれほどお金を積まれようともう打つ手はありません、と、いいきられてしまうような有様では、暑くても寒くても、具合が悪くなるのだろう。

もともと彫《ほ》りが深い顔立ちで、目つきが険《けわ》しいので、険悪《けんあく》な形相《ぎょうそう》になったのだろう。そばを通りかかった親子の、ご機嫌《きげん》な様子で歩いていた幼子が怯《おび》えた顔になり、母親はこちらをうかがいつつ、急ぎ足で子どもの手を引いて、去って行った。

無理もない、とは思う。つい苦笑してしまう。

彼の左目は遠い日の怪我《けが》で潰《つぶ》れていて、顔には治らない傷跡がある。

いまではずいぶん昔に思える若者だった頃——この傷を得た、二十代の頃から、あんな視線や表情には慣れている。母親似の顔立ちが、傷ついた部分以外は整っているせいもあってか、余計に目を引くらしい。

いまだってほら、櫛《くし》の通った頭から、海外の高級ブランドの背広、真っ白なワイシャツに、鰐革《わにがわ》のベルト、磨《みが》かれてぴかぴか光る靴のつま先に至《いた》るまで、金のかかったちゃんとした格好をしていても、彼の座るベンチのそばには、見えない壁でもあるように、誰も座らない。平日の午後とはいえ、クリスマス時期の空港、人通りはたくさんあるものの、彼のそばを通る者がまれにあれば、目を合わせないようにしたり、どうしたのだろうと気の毒そうな視線を投げてきたりするのが気に障る。

「無理もない——無理もないんだが」

面白くない。

「別に取って食うわけでもないのにな」

彼はふんと鼻息をつき、胸をさする。

余計に痛みが増したようだ。

病巣《びょうそう》をなだめるように、深く息をして、ベンチの背によりかかり、また空を見上げる。

「――まあ、取って食うようなことを繰り返してきた人生じゃあ、あるけどな」

いくつもの会社や企業を乗っ取り、機を見ては叩《たた》き売り、場合によっては潰してきた。そうして自分ひとり、儲《もう》けて、笑ってきた。商売に差し支《つか》えない程度に、裏切ることも、ひとを陥《おとしい》れるようなこともしてきた。恨《うら》まれることも泣きつかれることも、叩かれることもあったけれど、振り返らずに生きてきた。

彼の通った道のあとには、彼のせいで人生が変わった者も、不幸になった者も、たくさんいただろうと思う。死んだ者もいると聞く。それがわかっていて、振り返らなかった。

仕事に困らない程度には、ひとと信頼関係を築き、やりとりもしていたけれど、自分が一番自分を信じていないのだ。きっと誰もが、彼のことを信用していないだろう。好かれてもいまい。この先、彼が死んだとしても、悲しむ者などいないと賭けてもいい。むしろ、ひとりきりの惨《みじ》めな最期《さいご》だったと快哉《かいさい》を叫ぶ者たちなら、そこここにいそうだ。そっちも賭けていい。

彼の命を、その一生を惜《お》しむ者はいない。

その証拠に、若い日に迎えた妻も、いまはもうそばにいない。

「あなたは冷たい。ひとの心を持っていない」

そういって去って行ったから。

たったひとり授《さず》かった子どもが、生まれてそう経《た》たないうちに、蠟燭《ろうそく》の火が消えるように、すうっと息絶えてしまった、そのあとのことだ。先天的に弱い子だった。

彼とて悲しくなかったわけではない。けれど、彼の方に、夫として妻を気遣う時間と優しさが足りなかったのは事実だ。大変なときに仕事を優先させたのも事実だ。それをもって、冷たい、ひとの心を持っていない、といわれるのなら、彼にはそれを否定できない。

むべなるかな、と思い、それきり誰とも縁を持とうとしなかった。

言い訳をするならば、生まれたばかりの我が子にいきなり死なれてしまって、それをどう受け止めればいいのかわからずに、混乱したまま、仕事に逃避《とうひ》していた——ということだったのだけれど、そんなことを言い募っても何になる、と思った。それで亡くした命が返るわけでもない。自分より弱く、深く傷ついていただろう妻を気遣えなかった過《あやま》ちがなくなるわけでもない。だから別れた。

妻はその頃勤めていた会社の取引先の令嬢で、その父親に彼が見込まれて決まった結婚だった。彼女自身も、どこかのパーティー会場で、彼を見かけて気に入っていたとか。なぜ自分ごときを、と、その好奇心がきっかけで付き合い、やがて話がまとまった。ままごとみたいな夫婦だったかも知れない。でもその日々を彼は不器用なりに好いてはいたのだと、なくしたあとで気づいた。もし子どもが死なず、あの日々が長く続いていたら——彼は彼女と、時間をかけて、ささやかに幸せな家庭を築けていたかも知れない。そんなこと、考えても仕方がないのだけれど、そうしたら彼は、もっとまともな人間になれていたのかも知れないなあ、と、思う。

短い間、彼の妻だったひとは、実家に帰ったあとどうしたか。あえて知ろうとはしなかった。裕福な家の愛された娘だったので、その後も食うには困らなかったろうと思う。新しく、今度は彼とは違って、真っ当に優しい誰かと、家庭を持ったかも知れない。

「あなたは寂しそうだったから幸せにしてあげたかったの。あなたのそばにいたかった」

付き合い始めた頃と、別れるときに、そんな風な言葉をいわれたのを覚えている。

彼の顔の醜《みにく》い傷跡さえ、好きだといってくれていた。ふとしたことから買った喧嘩《けんか》で負った傷だったのだけれど、その理由さえ、わたしは好きだと褒《ほ》めてくれた。

優しい娘だった。だからきっと、いまはどこかで幸せにしているだろう。自分などとは違う、彼女が、そのそばにいるのにふさわしい誰かのそばで。

（でなきゃ、神も仏もないだろうよ）

そんなもの、彼はもとより信じてはいない。けれど、優しい人間のためには、世界のどこかにそういうものがちゃんといて、守ってやってほしいと思うのだ。

でないと、報《むく》われないだろう。


彼の両親はすでに亡く、きょうだいもいない。父親が評判のろくでなしだったので、親戚付き合いも遠い昔に絶えていた。

「そうか。俺はいわゆる天涯孤独なのか」

もうずっとそうだったのだと、当たり前のようにわかってはいたものを、言葉にしてみると、妙に背筋が冷えた。

薄く笑って、背広の肩を竦《すく》めた。もともとからだつきは華奢《きゃしゃ》だ。その上に病んでからすっかり肉も、体力も落ちたので、服の布地の重さを感じる。うっすらとガラスに映る我が姿を見るとはなしに見ると、貧相な感じの老人がそこにいて、げんなりした。せっかく高級品を着ているのに、まるで貧乏に見える。借りた服を着ているようだ。

昔生き別れた父親の、亡骸《なきがら》になってから再会したその死に顔に、どこか似て見えたのも嫌だった。若い頃の父はプロレスラーのように体格が良く、背丈は見上げるほどだったから、父が元気だった頃はまるで似ていなかったのだけれど。

げっそりとやつれた、頬骨《ほおぼね》と顎《あご》が目立つ面差しが、いまは似て見える。これが親子ということなのか。はたまた年齢を重ね、死を前にすると、誰でも似たような顔つきになるということなのか。宿命だの運命だの、そんな言葉が浮かんできて、いよいよ嫌になった。

どちらにせよ――。

「面白くないな。ああまったく面白くない」

自分の人生は、いったい何だったのだろうかと、空を見ているうちに考えた。

父親のようには生きるまい、貧乏だけは嫌だから、寒いのに服や毛布が買えず、腹が減っても食べ物がないのは辛いから、生きていくために金持ちになりたいと、それだけ考えて生きてきた。子どもの頃からそれだけが願いだった。

「まあ、そこそこ金持ちにはなったけどなあ」

気がつくとひとりきりか――。

そんな人間だったからこそ、ひとりになったというべきか。

十二月の空港は、今年も華やかなクリスマスの装いで、そこここにツリーも飾られていて、このフロアでも中央にひときわ見事なクリスマスツリーがそびえ立ち、輝くオーナメントで飾られて、明かりが灯《とも》されている。

その前を行き交うひとびとは、これから旅に出るらしき者あり、帰ってきたところらしき者あり。大きなキャリーケースを引いたり、土産物《みやげ》が入った紙袋を抱えたり。誰かの見送りなのか、それとも迎えに行くところなのか、家族連れで急ぎ足に歩くひとびともいる。けれどツリーの前では、みな、美しさに足を止めたり、目の端だけでちらりと見たり。スマートフォンで記念撮影する者もいて。

雑踏の中で、みなが生き生きとして、それぞれの人生の時間を楽しんでいるように見えた。——なんだかみんな、楽しそうで、幸せそうに見えた。

自分は、十二月をこんな風に幸せそうな表情で過ごしたことがあったろうか、とふと思った。——子どもの頃から、一度だって、そんなクリスマスはなかったような気がする。

「うちはサンタも来なかったしな」

母が朝から晩まで繕《つくろ》い物をして、いくばくかのお金を得てきても、父親がみんな持って行って遊びに使ってしまう、そんな家だった。

小さい頃、母が、「うちには、サンタさんは来ないのよ」といった。

「来なくていいですからって、母さんが昔にお手紙を書いて遠慮してるから」

といった、その一言を素直に信じていた。

母がいうには、彼の家は貧しく、その上、掃除が行き届いていないので、とても遠方から来るお客様を迎えるなんてことはできない、だからずっと昔に、はるか北欧のサンタの家に手紙を出して、うちには来ないようにしてもらったのだと。

母は自分の聖書を持っていて、賛美歌もうたえたので、彼はその言葉を素直に信じた。もったいないなあ、なんて思いはしたけれど。自分もプレゼント欲しいのになあ、とか。けれど、母が奮発してくれた、近所の精肉店の揚げたてのコロッケやメンチカツがひとつあれば、それをふたりでわけあってちゃぶ台で食べる夜さえあれば、充分幸せなクリスマスだった。

空飛ぶそりに乗ってサンタクロースが来る家の子どもたちを羨《うらや》むよりも、美しい母の微笑《ほほえ》みがあればいいと思えたのは、ろくでなしの父親が酔えば母に暴力を振るう、それを見続けてきたからで、父のいないときの平和な家だけが、優しい母の笑顔だけが、子どもの頃の望みだったからかも知れない。

もし、サンタクロースに願い事をするならば、彼はきっと、母を守ってくれる何かを、自分が父親より強くなれるための何かを願ったのだろう。いっそサンタクロースに、その手で父親をノックアウトしてほしかったかも知れない。

それに比べれば、おもちゃのプレゼントなんて、ほしくもなかったのだ。

体格の良い父親は、子どもでそして小柄な生まれつきの彼が、どんなに飛びかかっていっても、敵《かな》う相手ではなかった。母をかばおうとしても、殴《なぐ》られて蹴《け》られて、それを母がかばって、さらに親子で暴力を振るわれる、その繰り返しだった。

でもやがて、無法にも終わりが来る。

父は老《お》い、飲み過ぎでからだを壊し、一方彼は小柄なりに成長していたのだ。

それは彼が中学生になったある夕方のことだった。酔って帰ってきた父が、いつものように母に絡《から》もうとしたとき、彼はイノシシのようにからだを低くして、無言で父親に突進していった。

父は吹っ飛ばされ、玄関のガラスの引き戸に倒れ込んだ。ガラスが割れ、光る欠片《かけら》が、毒づく父親の顔やからだに突き刺さった。

助け起こそうとする母を脇に除《よ》け、彼はそばに転がっていた空の焼酎《しょうちゅう》瓶を両腕で振り上げ、父親をねめつけた。

その瞬間、ためらいなしに振り下ろす覚悟がたしかにあったのだと思う。

父親の表情が青ざめるのがわかった。

「――行っちまえ」

彼は低い声でいった。のどに力が入りすぎて、痛かった。しゃがれた声になった。

「この家から出て行け。二度と帰ってくるな」

父親は何やら言葉とは思えないような言葉を叫びながら、ガラスの欠片と血しぶきだけ辺りに残して、去って行った。

それが、生きている父親との最後の別れになった。

いまも後悔はしていない。むしろ、一度くらい焼酎瓶で殴ってやれば良かったと、何度も思ったくらいだ。

のちに、ひとり暮らしの長屋で、のたれ死にのような死に方をしたと知った。部屋を片付けに行ったときに、近所のひとに、ひとりぼっちで寂しいといっていたと聞いた。そのときは、一抹《いちまつ》の憐《あわ》れさを感じたけれど、それよりも、自らの手でぶちのめすチャンスが永遠になくなった、そのことが悔しかった。黄泉路《よみじ》に逃げられてしまったような気がした。

「というか、もっと早く、オヤジを家から追い出せれば良かったなあ」

父がいなくなったあとの家は、貧しいながらもほっこりと幸せだったけれど、その幸せは母が病んでその日々が終わるまで、そんなに長くは続かなかったのだ。

彼が母親にしてやりたかったことが、なにひとつできなかった、それくらいに一瞬の、平穏な日々だった。

「自分の母親ひとり幸せにしてやれない人生なんてなあ。情けない人生だ。頑張ってきたはずが、まるで意味のない人生だったんだな」

次々と滑走路《かっそうろ》から空に舞い上がる飛行機を見ながら、独りごちる。

からだが重い、その重さに引きずられるように、心も重さを増してゆくようだった。


空港は好きだ。大好きな場所だといっていい。若い頃、金がなくて空の旅に憧《あこが》れていた時期があり、その頃からよく、ここで空を見上げていた。いつか、この空港から飛び立つんだと思っていた。やがて、やっと飛行機に乗れるようになって。そのうち、当たり前に乗れるようになって。そしていつしか、用があれば、タクシーに乗るように気軽にチケットを買い、搭乗するようになった。

空港にいることが日常になっても、ここに来ると、身のうちが浮き立つ気持ちは変わらない。その背に翼を持たず、ひとの身では空を飛べないのに、ここから空へとはばたけそうな錯覚《さっかく》が起きるのも。


だからいまも、気持ちが沈むときや、少し寂しいときに、空港を訪れるのかも知れない。

今日は病院で検査があったので、その帰りにふらりとモノレールに乗って空港に来た。

十二月の空港は美しく、華やかだ。その空気が恋しかった。

けれど、どうにも余計にもの悲しくなってきて、来るんじゃなかったなあ、と思った。

当たり前だけれど、体調だって優れない。こんなところでふらふらしていないで、どこかで休んでいた方が良いに決まっているのだ。医師にはなるべくでいい、安静にしていてください、といわれている。どうしてもというのなら仕事はしても良い、けれど、無理はしないように、と。

とはいうものの、会社に行って、妙に気遣われたり、同情や好奇心に満ちたまなざしを向けられたりするのも嫌だったし、かといって、マンションの部屋に帰る気にもなれなかった。

冷えた部屋でエアコンを入れ、あたたまるのを待ちながら冷たい布団にくるまるのか、と思うと、気が滅入《めい》った。やたら広く、窓が大きく、天井《てんじょう》の高いひとり暮らしの部屋は、心地よい温度になるまでに、けっこうな時間がかかる。

そうして夜になれば、暗い部屋で目覚め、美しいが寒々とした夜景を見ながら、ひとりきりで夕飯だ。彼は自炊はできない。若い頃、働くことに必死で、料理を覚える機会を失った。自炊するだけの時間もゆとりもなく、そのままに老いてしまった。

店屋物を頼むか、どこかに食いに行くか。行くとすればどこへ、と考えると面倒になる。そもそも食欲がない、つまりは食べたいものがないのだけれど、生きるため、薬を飲むためには何か胃に入れねばならず、しかしそこまでして命をつないでも、どうせ早晩果てるのだと思えば、その気力もなくなってゆく。

「ないない、何もない。俺には、帰るところも、行きたいところもない」

たいていのものは買えるほどの財産はあるけれど、それでも買えないものがあるのだな、と身に染みて感じていた。

少しずつ、その色合いが暗さを帯び、夕方に近づいてきた広い空を見上げるうち、ふと、心に浮かぶものがあった。

「ああ、母さんのココアは飲めるかも知れない。甘くてあったかいココアが飲みたいなあ」

コンロにかけた小さな鍋で作る、甘い香りのココア。銀のスプーンでココアと砂糖を練る、母の白く優しい指。古い蛍光灯《けいこうとう》に照らされ、目に染みるように白く見えたエプロン。

お嬢さん育ちだったという母は、倹約をしながらも、優雅な片鱗《へんりん》を見せることがあり、たとえばそのひとつが、缶に入ったその粉を練って作ってくれるココアだった。

「お母様から作り方を習ったのよ」

微笑むまなざしが懐《なつ》かしげだった。

駆け落ち同然に家を出てきたので、二度と故郷に帰れなかったのだとのちに知った。

「母さんに、うまいものを食べさせてやりたかったなあ。旅行に連れていってやりたかった。良い服も着せてやりたかった。洋服も着物も抱えきれないほどに」

母は彼が十代の頃、夜間高校に通いながら働いていた時期に身罷《みまか》った。

「立派なひとになりなさい」

病院の、白く冷たいベッドの上で、彼の手を握《にぎ》り、何度もそう繰り返して、ふと目を閉じたと思うと、それきり死んでいった。

罹《かか》っていたのは、いまの彼と同じ病。身を食《は》む痛みがあったろうに、ずっと笑顔だった。

枯れ木のように痩《や》せ衰《おとろ》え、細くなっていたのに、強く握っていた手の力が忘れられない。

その手を握り返し、うんうんと誓うように母の言葉にうなずいたけれど――。

「俺は、金持ちにはなったけれど、どうやら立派な人間にはなれなかったな」

口元に苦い笑みが浮かぶ。

悪い病を得たのは、母への誓いを守れなかった、そのことへの罰だろうかと思うと、下腹の辺りから力が抜けていくようだった。

椅子の背もたれに寄りかかったまま、夕暮れの色へと傾いてゆく空を見ながら、ふと思った。

――このまま死んで空の上に行けば、母にもう一度会えるのだろうか？

いやいや、と笑って首を振った。

優しかった母は天国に行ったかも知れないが、自分なんて地獄行きだろう。ろくでもない人間だったし、母とのささやかな約束を守れなかった悪い息子なのだ。

「天国に行けるものなら、もうひとり、会いたい相手がいるけどな」

生まれてすぐに死んだ子どもは、女の子だった。ほんの二ヶ月ほどしか地上にいなかった子どもは。父親らしいことなど何もしてやれなかったけれど、覚えていてくれるだろうか。いや赤ちゃんだったし、無理だろうか。だけどあの子は、彼の顔を見れば、黒い瞳で彼を見つめ、とろけるような笑みを浮かべてくれたのだ。

もし再会できれば、あの頃のように、笑ってくれるだろうか。

見た目よりずっしりと重く、熱いからだを抱き上げても、黒い瞳で見つめられても、そのあとどうすればいいのかわからず途方に暮れて、落としそうで怖くて、すぐに妻の胸へと返した、あの頃の想いを説明し、詫《わ》びることができるだろうか。ほんとうはずっと抱きしめていたかった、可愛がりたかったけれど、どうすればいいのかわからなかったのだと、今更、詫びるのは、図々しいだろうか。

「――何を馬鹿なことを考えてるんだろう」

額の辺りに手を当て、顔を歪《ゆが》めて笑った。

己の父親のように、暴力を振るわなかった、それくらいしか誇ることのないのが自分なのだと、充分にわかっていた。

日が落ちてくるにつれ、ターミナル内部の、あたたまっていた空気もひんやりとしてきた。現金なもので、暑苦しさにストレスを感じていたからだが、今度は寒いと悲鳴を上げ始める。胸の奥が、重苦しく痛んできた。

飾られたツリーの明かりはいよいよ鮮《あざ》やかに美しく見えてきて、代わりにうらぶれた自分の姿が情けなく思えてきて。

「いつまでもここにいても仕方ないか」

空港で食べ物を何か買って、モノレールで帰ろうか、とようやく心を決めた。おにぎりか弁当か、何かあっさりした軽いものならば、口に入るかも知れない。

食欲はないけれど、食べずに飢えて死ぬというのも、どこか負けるようで、格好悪い。

椅子に手を突いて、なんとか立ち上がり、歩き始めたとき――。

きらめくクリスマスツリーのそば、下の階へと降りるエスカレーターの近くに、ひとりの幼い女の子が佇《たたず》んでいるのに気づいた。

小学校に入るか入らないかくらいの年だろうか。天使のような白いワンピースを着たその子は、何を思うやら、嬉《うれ》しそうに、にこにこと笑っている。

違和感を覚えたのは、彼の方をまっすぐに見上げているということだった。それもまるで、ずっと会いたかった誰かをやっと見つけたとでもいうような、満面の笑みで、きらきらとしたまなざしで彼を見つめているのだ。

恐ろしげな面相《めんそう》をした、子どもには怖がられて当たり前のような彼を見ても、わずかも恐れる表情のないままに、顔を上げている。

(まるで、サンタクロースにでも会ったような、そんな笑顔だな)

彼はふと、そう思った。

女の子は、彼に駆け寄ってきた。

そして、息を弾《はず》ませて、いったのだ。

「おじいちゃま」と。

迷いもなく、明るい声で。

澄《す》んだ愛らしいその声は、天使のようだった。――いや彼は天使にも神様にも会ったことはないけれど、まさに天使が降臨したような、そんな声と、無垢《むく》な笑顔だったのだ。

「――ええと」

彼は困り果て、なんとか笑顔を作ると——こんな天使のような子どもを、怯えさせてはいけない——そっと身をかがめて、女の子にいった。

「誰かと間違えてるのかな？　わたしは、きみの『おじいちゃま』ではないよ」

人違いだろうと思った。

ここは空港、たくさんのひとびとが遠く近くから集《つど》う場所。

この場所で、孫と再会する祖父がいてもおかしくはない。そうだ、この子はきっと、今日、大好きな祖父と久しぶりに再会——いや、もしかしたら生まれて初めて、その祖父と相まみえるところだった孫娘で、どういう訳だか、彼をその祖父と間違えたとかで——。

（これくらいの小さな子なら、年寄りなんて、みんな似て見えるだろうしなあ）

同じような白髪で、色褪《あ》せた肌に皺《しわ》のある顔。痩せた体軀《たいく》だろうし、背格好も服装も、さして変わらなく思えるかも知れない。

（しかし、俺の場合は、顔に大きな傷もあるのになあ）

この傷のおかげだろう、誰かに間違えられた経験など、ついぞなかったはずだ。

けれど、女の子は大きな目を丸く見開いて、まじまじと彼の顔を見上げる。

「——おじいちゃま、でしょう？」

「いや、わたしは……その、違うんだよ」

女の子は、不思議そうに首をかしげた。

そして、しょんぼりした表情になると、ごめんなさい、と、きちんと彼に頭を下げた。諦《あきら》めきれないのか、何度も振り返りながら、彼から遠ざかり、小さな肩を落とすと、ひとりでエスカレーターを降りていった。

何を思うのやら、最後まで、不思議そうな――納得できない、そんな表情だった。

彼は軽く肩をすくめ、さて弁当を買いに行こうかと歩き出し、その前に、と、案内カウンターに寄った。受付の娘に、「家族からはぐれたかも知れない小さな女の子をそこで見かけた。その子に祖父に間違えられた。白いワンピースでこんな背格好の子どもだった」と、伝えた。そんな迷子を捜している家族はいなかっただろうか、と訊《き》いたのだが、思案の後、特には、と答えられた。

「けれど、もしそんな姿のお子さんを捜している方がいらっしゃったら、お伝えしますね」

優しい笑顔に見送られて、彼はカウンターを離れた。

あの子は迷子のようには見えなかったけれど、もう夕方になろうというこんな時間に、子どもがひとりで、こんな広い空港にいたというのも、妙といえば妙な話だ。

万が一、あの子を捜している家族がいたらいけない、と考えたのだった。

「――それにしても、おじいちゃま、か」

知らず相好《そうごう》を崩す。半ば苦笑交じりではあったけれど。

もし、家族を持ったままの人生だったら――赤ちゃんのときに死んだ娘が生きて成長していたら、あれくらいの幼い孫娘が自分にもいたのだろうか、と思っていた。

腕にすがり、ぶら下がる孫娘に甘えられながら、家族旅行のために冬の空港を歩き、そうだ、傍らには老いた妻もいて、美しく成長した娘と、窓から光差すこの大きな空港で飛行機の搭乗時間を待つ、そんな幸せな時間を過ごしていることもあったのだろうな、と思ったのだ。

「国内でも国外でも、好きなところをいいなさい。どこへだって、おじいちゃんが連れて行ってあげるから。何しろ、おじいちゃんはお金持ちなんだからね」

彼は胸を張って、そういっただろう。そうして予約した飛行機で、この空港から、颯爽《さっそう》と空へと飛びたつのだ。

(そうだな。娘婿《むすめむこ》も連れて行ってやってもいいだろう)

孫がいるのだから、娘のそばには、そんな存在もいるはずだ。

いやぼくは、と、遠慮して笑う娘婿の表情を思い描き、かすかにうなずく。連れて行く家族がひとり増える、それくらい、彼には軽いものだ。ホテルはどこに泊まろうか。家族でのんびり過ごすには、高層階のスイートルームがよかろう。長期滞在できるような観光地ならば、コテージを借りるのもいいだろう。小さい子どももいるのだし。

家族は喜びつつ、少しだけ恐縮するだろうけれど——きっと、幼い孫娘以外は——彼は、いいよいいよ、と笑うのだ。

「家族に良い暮らしをさせてあげるために、おじいちゃんは今日まで、一生懸命働いて、頑張ってきたんだからさ。だから、いいんだよ」

彼はいろんな航空会社の上級会員でもある。マイルなんて溢《あふ》れるほど貯まっていて、若い頃はそれを使って世界中の空を飛んだりもしたけれど、気づけば使う暇もないほど忙しくて、そのままになっていた。年月を経て、消えていったマイルもあるけれど、まだいくらかは残っているだろう。そうだ。あれを使うのもいい。みんなを連れて、どこへでも行ける。それともアップグレードに使うか。

（——詮ないことだ）

楽しいはずの妄想なのに、ふと目の端に涙が浮かぶ。病を得てから、涙もろくなった。潤《うる》んで疲れた目が、空港の雑踏の中に、母の姿の幻《まぼろし》を見た。

若くして身罷った母が、あの頃よく着ていた着物を着て、ひとが行き交う時計台の下に立っている。うつむきがちに、少し微笑んで。彼に小さく手を振る。

（ああ、母さん――）

母さんも一緒に行こう。

きっと一緒に行けたのになあ。どこへでも。どんな遠くの空にだって。

鼻の奥が、きゅっと痛くなった。

（着物だってさ、いまならもっと良いものを、好きなだけ、買ってあげられるのに）

自分がおとなになる前にいなくなった母に、あれもこれもしてあげたかったと、今更のように思う。くりかえし、思う。

（ああ、いまの俺は、なんでもできるのに、なぜ、誰もここにいないのだろう）

目はいよいよ潤み、胸の奥の痛みはいよいよ辛かった。あとどれほど生きられるのか、それを聞くと死が確定しそうで、医師には聞いていないけれど、もう寿命が尽きるそのときは近いのだろうと、自分でもわかっていた。自分のからだのことくらい、わかるものだ。野性の勘の閃《ひらめ》きのように。まだ貧しく、寝る暇もないほど忙しく働いていた時代、病院に行きたくても行けなかった若い頃に、会得した特技のようなものだった。

（俺は、じきに死ぬだろう）

（けれど、何も、残していけないんだな）

（この世界から、ただ、消えていくばかりなんだな）

財産や会社だけは残って、彼がいなくなった後、誰かを喜ばせることになるのかも知れない。だがそんなものはどうでもいい。資産なんて所詮、使えば消えてしまうものだ。右から左に移動して行くだけの、手元に残らないものに過ぎない。

彼はひととして、残せるはずだったものを何も残せない。金では買えないものを。ほんとうに尊い、滅び去らないものを。

（俺の中には、何もない）

愛情も――誰かをこの手で幸せにしたという思い出もない。彼がこの世から消え去っても、嘆《なげ》いてくれるひとはいない。記憶すらされず、忘れ去られてしまうのかも知れない。

彼という人間がこの世に生まれて、六十数年の間、生きてきたことなど、何の意味もなかったのと同じことになるのだろう。最初から、この世界に生まれてこなかったのと同じことに。

（せめて、内臓くらいでも残せれば良かったけれどなあ。それで誰かを救えたら良かった）

だが、彼のように年をとり、病を抱えた人間の臓物など、移植の役には立つまい。――いやもしかして、献体ならば、医学を学ぶ若者の勉強の役に立つのだろうか。その若者が医師になり、誰かを救ってくれれば、自分のからだもささやかに、誰かの役に立てるなんてことになるのだろうか。

（献体の方法と手続きを、今度調べてみるか）

などと静かに考えながら、彼は弁当を売る店で、鮭と梅干しのおむすびを買い、土産物売り場で、わさび漬けも買った。家に帰り、熱い茶を淹《い》れれば、立派なご馳走だと思う。

レジ袋を手から提げて、モノレールに乗るべく、エスカレーターで地下二階へと向かう。

さっきの天使のような女の子が姿を消した、あの下りのエスカレーターだ。

つい白いワンピースを探したけれど、その姿はなかった。

（おじいちゃまには会えたのかなあ）

やはり気になる。

ちゃんと会えて、頭などなでてもらっていたらいいのだが。

クリスマスは、おじいちゃまに甘えて、プレゼントなど買ってもらうのだろうか、と想い、その情景を想像すると、知らず、彼の口元には笑みが浮かんだ。

地下一階へと降りたとき、見知らぬ喫茶店がそこにあるのに気づいた。——この大きな空港は、気がつくといろんなお店がリニューアルしていたり、新しいお店が入っていたりするので、そんな風にして現れた新顔の店かも知れない、と彼は思った。

ふと立ち寄りたくなったのは、何気なくのぞいた店のその雰囲気が、昭和の喫茶店を思わせるような、どこか垢抜《あかぬ》けない、けれど懐かしいものに見えたのと、カウンターにいた店主らしいひとと目が合ってしまったからだった。店主は――銀のカトラリーを磨く手つきはてきぱきと青年のようだけれど、思慮深そうな深いまなざしを見れば、おそらくは四十代の終わりくらいだろうか――彼の方を見ると、人懐こそうな目元に笑みを浮かべ、

「いらっしゃいませ」

と、軽く会釈《えしゃく》した。

その笑みと視線の明るさに、引かれるようにして、つい、店の中へと足を運んでしまったのだ。

何だか、その表情を知っているような、誰か、会ったことのあるようなひとのように思えたからかも知れない。妙に、頭の奥で、記憶に引っかかる懐かしさがあった。

他に客はいないようだった。

招かれるまま、カウンター席に腰をおろし、しばし思案した後、彼は、

「ココアを」

と頼んだ。

あたたかくて、甘い物が欲しかった。

ちらりと母の思い出がよぎったせいもある。母は、こんな店は好きだろうなあ、と思っていた。空港のターミナルの、ひとが行き交う中にある店なのに、腰をおろすと、気持ちが落ち着く。まるで隠れ家に招かれたように。――でなければ、古い友人の家に招かれたような、そんな気分になる空間だった。

「美味《おい》しいココアを、すぐにお作りしますね」

その声に、不思議な優しさや、深い思いがこもっているような気がして、彼はまなざしを上げた。――接客業に就く以上、お客様を大事に思う店主も多いだろうけれど、それにしても、愛情のこもった声のように思えたのだ。まるで、古い友人や家族にかけるような、そんな温かい、優しい声に聞こえたのだった。

店主はカウンターの中で、慣れた手つきでココアを作り始めた。ココアの入った缶を開け、砂糖と一緒に、琺瑯《ほうろう》の小さな鍋に入れ、ミルクを少し注ぎ、銀のスプーンで練ってゆく。やがて、ふわりと甘い香りが立ち上る。さらにミルクをたして、優しい手つきで混ぜてゆく。遠い昔、彼が子どもの頃に、亡き母が作ってくれた、あの懐かしい作り方と同じだった。昭和の頃の、昔風の、ちゃんとしたココアの作り方だった。

できあがったココアを、店主は肉厚の愛らしいデザインの器に注《そそ》いで、彼の前に出した。白い湯気が上がるココアは、まるでお伽話《とぎばなし》の中の魔法の飲み物のように、懐かしく、美しく、美味しそうで、彼はとても久しぶりに、ああこれを口にしたい、と思ったのだった。

そのときふと、店主が、いたずらっぽい明るいまなざしで彼をじっと見つめ、そしていったのだ。

「ずっとお会いしたかった方に、こんな風にお会いできるなんて、思っていませんでした。それもこんな風に、わたしの店で。クリスマスの奇跡でしょうか」

にっこりと笑っているのに、店主のその目尻には、うっすらと涙が浮かんでいた。

そして、店主は、彼の名前を口にした。お久しぶりです、と深く頭を下げて。

とある大きな空港のターミナル、その地下にある、昔ながらの喫茶店風の店の、カウンター席で。

あたたかな湯気を立てる、淹れたばかりのココアのカップを前にして、彼は目の前にいる店主の、その顔を見上げていた。

優しげな表情のその店主は、初めて会ったはずなのになぜか懐かしく——そして、初めて会ったはずなのに、なぜか彼の名を知っていて、呼んだのだ。

お久しぶりです、といい、どうやらここで再会できたことを喜んでくれたのだ。

「思えば、あなたに出会い、そして助けていただいたのも、いまと同じ、十二月のことでした」

カウンターの中から彼を見つめ、静かな、けれどかすかに震える声で、店主はそういった。

「——助けた？　わたしが、あなたを？」

「ええ」

店主の、笑みを含んだまなざしが潤む。

「もう四十年ほども昔の話です。わたしはまだほんの子どもで、小学校の三年生かそこら。あなたはずいぶん若くていらっしゃって。だけどそのときのわたしには、あなたはただの青年ではなく、正義のヒーローか、サンタクロースの化身のように見えたものです」

クリスマスが近い夜のことでしたからね、そういって、店主は笑う。

「夜の闇の中から、急に飛び出してきて、知らない子どもの危機を救ってくれるひとなんて、ただのひとじゃない、そういった不思議な存在に違いないとあのときは一瞬、思ったんです」

「——四十年ほども昔の……」

目の前にいる品のよい店主の、その表情に重ねて、ぼんやりとした子どもの表情が、かすかに見えるような気がした。記憶の彼方《かなた》から、思いだせるような。

その夜一度きりしか会わず、ほとんど言葉も交わさなかったけれど、印象的なまなざしで彼を見上げていた、子どもの顔。傷だらけで、目に涙をいっぱいためていて、けれど、歯を食いしばって、闘志をあらわにしていた、強い子どもの——。

彼は、自らの顔の古い傷跡にふれた。

「——まさか、あの子か。あのときの、男の子なのか。古い喫茶店の前にいた……」

店の前に、小さなクリスマスツリーが飾られていて、明かりが静かに点滅していたのを覚えている。薄暗い、人通りのない、小便の臭いがするような湿気った路地に、そこだけクリスマスの気配が清らかに漂っていたのを、覚えている。

その頃勤めていた小さな会社の先輩に連れられて出張した、地方都市でのことだった。夕食の酒で酔い潰れてしまった先輩を宿に残して、若い日の彼だけ、ふらりと街に出たのだった。まだ若く成人になるかならないかの頃。元気もあったし、初めての出張での仕事もなんとかこなして、明るい気分になってもいた。そうだ、あのとき初めて、空港に行き、飛行機に乗ったのだった。行きも帰りも小さな地方空港だったけれど、空を飛び、知らない街に降り立つという、その浪漫《ろまん》にたとえようもなく胸がときめいたことを覚えている。懸命に働けば、仕事の中で、あるいはいつかは休暇の折にも、こんな風に自由に地上を離れて、どこまでも遠くへと行けるのだと知った。

もともと夜更かしが好きで、眠るのが苦手な質《たち》で、夜のひとり歩きは好きだった。これは年老いたいまも変わらない。あのときも、人生初の空の旅のうきうきとした気分と、降り立った見知らぬ街への物珍しさも手伝って、ひとり繁華街をそぞろ歩いた。

地方都市の常で、都会よりもずいぶん早い時間に、店々のシャッターが降り、人通りがまばらになり始めた頃――。

突然の怒号に、彼は足を止めた。

自分が誰かにその声を向けられたわけではない。ただどこか近くで、誰かが声を荒らげているのが、夜風に紛れて、ふいに聞こえてきたのだった。

心臓がきゅっとなり、恐怖に身が縮《ちぢ》んだのは、聞き覚えのある罵声だと思ったからだ。酒に酔い、自分より弱い誰かに、暴力を振るう、そんなときのおとなの男の声。大柄で、肉体的には怖い物のない、傍若無人な男の声。

瞬間、怯えたからこそ、その声の主を確認せずにはいられなかった。

肩を怒らせ、声を向けられた誰かのところに行こうと思った。

いまの自分はもう、父の怒号と暴力に怯えていた、母を守れなかった無力な子どもではない。とっさに怯えた自分への恥ずかしさと怒りと、旅先での解放感と、そしてその夜、ほろ酔い気分でもあったことが、夜の闇の中へと足を運ばせたのだろうとあとで思った。

街灯もろくにないような、寂《さび》れた繁華街の細い裏道を、なかば走りながら曲がって行き、そして、ふいに、路地で点滅する光に気づいたのだ。小さな灯《ひ》を灯す、クリスマスツリー。そのそばに置かれた、古びてひびの入った、喫茶店の看板らしきものの四角い明かり。

開いたままの店のドアの前に、若い女が顔を押さえてうずくまっていた。彼女めがけて、どこからか——喫茶店の中から、皿やらコップやらティーカップやら、果てには洋酒の瓶に至るまで、いろんなものが投げつけられ、割れる音を立てた。

そして、まるで、ずだぶくろでも投げだすように、何かが——子どもがひとり、路地へと放り出されてきた。

女が悲鳴を上げて、その子を抱きしめようとしたけれど、子どもはその手から逃れるようによろよろと立ち上がり、店の方へ向き直ると、背中に女をかばうようにした。

か細いシルエットの子どもの、その両手が、ぎゅっと拳《こぶし》を握っているのがわかった。

「父ちゃん、やめろ」

子どもが高い声で叫んだ。

「母ちゃんとお店にひどいことをするな。死んじゃうよ、母ちゃん、死んでしまう」

その声は震えていた。勇気を出して、やっと張り上げている声だとわかった。けれど声は、夜の闇を貫くように、凜《りん》として強く響いた。何よりも若き日の彼の、耳と脳を突き刺して、灼《や》くようにまばゆく響き渡った。

路地を駆ける彼の、その胸の鼓動《こどう》が激しくなり、こみあげるように吐き気がした。耳鳴りもする。あれは自分だと思った。子どもの頃の自分と、そして母の姿だと。酔いも手伝ってか、子どもの頃の――あの日の自分と母が、そこにいるような気がした。そんな幻が、ふいに夜の路地に舞い降りたような。

店の中から、大きな背丈の、熊のような男が、のっそりと路地へと姿を現した。まさにそのときに、彼はその場へと踏み込んだのだ。

息を切らし、たたらを踏んで、彼はその男の方へ向き直った。背中にかばった子どもと母親らしき女性が、突如現れた謎の若者に驚いたように息を呑む、その気配を感じた。

店の中から路地へと流れる光を背中から浴びて、のっそりとそこに立つ大きな男の姿は、やはり酔っているのだろう、ふらふらとしていて、足下が定まらないようだった。

彼よりは頭二つくらい背が高く、肩幅もずっと広く見えた。見上げるように大きい。

暗闇の中で、その表情はよくわからない。けれど、妻と子どもに気持ちよく暴力を振るっていた、それに割り込んできたらしい若者のことを歓迎していないことは、わかった。

一呼吸する間の時間だけ、酔いが醒《さ》めた。

(こりゃ、やばいところに踏み込んじゃったんじゃ?)

若き日の彼は思った。束の間——ほんの束の間のことだったけれど、何事もなかったような振りをして、このままその場を駆け去ろうかとも思った。何しろ、冷静になって見上げてみると、そこに立つ大男は、記憶の中にある父よりも体格が良いように思えるのだ。あの父の暴力でさえ恐ろしかったものを、目の前にいる父がさらに巨大化したような悪党に、華奢な若者に過ぎない自分が立ち向かってどうにかなるものなのかどうか。

けれど、いまだ耳の奥に残る子どもの声の、その響きが——凜とした勇気ある声が、彼をその場に踏みとどまらせた。

『父ちゃん、やめろ』

ああ、そうだ。俺は今度こそ、止めなきゃいけない。

酔った頭で、吐き気がしてくらくらする頭で、そう思った。胸の奥で、何か明るい炎のようなものが燃えていた。相手がどんな大男の酔っ払いだろうと、人里に現れた凶暴な熊だろうと、負ける気がしなかった。

「——あんた、そこのあんた」

彼は人差し指で、大男を指さした。

「やめるんだ。そんなこと、ひととして、しちゃいけない」

その一言を口にしたとき、何か、胸の奥が熱くなるような、いうべき言葉をやっと口にしたような、すっきりと満ち足りた想いがしたのを覚えている。

物語の主人公になったような。ドラマや芝居なら、主役になったような、そんな、胸がすく気分にもなっていた。

ところが、あくまでもそれは現実の、湿って小便臭い路地での夜の出来事で、実際には彼は主人公でも何でもなく、通りすがりのありふれた若者に過ぎず、一方で、目の前に立ち塞《ふさ》がる大男は、やられ役の悪人ではなく、ただただ凶悪で凶暴な酔っぱらいだった。

お芝居ではないので、何の手加減もなく、大男の腕は風を切る音をさせて伸びてきた。岩のような拳が彼の顔にヒットする。冷えて汚れた路地に尻餅をついたところを、胸ぐらを摑まれる。歯が折れるほどの強さで両方の頬を気持ちよく殴られた。

(あ、やばい、こりゃ殺されるわ)

どこか冷静にそう思ったのは、良くも悪くも子どもの頃に殴られ慣れていたのと、残っていた酔いのせいで、多少痛みが紛れたせいもある。――何より、初めての遠出の出張のために、いくらか高級なネクタイを百貨店で買っていた、それが血で汚れただろうことに腹が立った。

殴る勢いで相手がよろけたその隙《すき》を狙って、彼は渾身の頭突きを相手の顎に決めた。

酔っぱらいの手が胸元から離れたところで、地面に手を突き、一気に立ち上がりながら、その場にあった店の看板を拾い上げ、光を放つそれを頭上に振り上げ、振り下ろした。

一瞬、過剰防衛になるかな、やばいな、と思ったけれど、手加減なんて優雅なことをしている余裕はなかった。それよりも、いまこの大男を止めないと、背中にかばった母子が殺されてしまうような気がした。少なくとも、いま自分が殴られたような勢いで、暴力を振るわれたら、こんなか細い親子が耐《た》えられるはずがない。

無我夢中になって、看板を振り上げ、振り下ろすうちに、プラスチック製のひび割れていたそれは、完全に割れて壊れ、明かりが消えた。

と同時に、酔っぱらいが怒号とともに立ち上がり、落ちていた洋酒の瓶で無茶苦茶に殴りつけてきた。瓶は彼だけでなく、地面も叩き、割れたその瓶で顔の左側を激しく殴られた彼は、激しい痛みとともに、左目の視界がどす黒く染まるのを感じた。

思わず、目をかばうようにからだを丸めた彼を、覆い被さるようにして、若い女が——子どもの母親らしきひとが守ろうとした。

一瞬、彼は死に別れた母の幻を、そこに見た。母親というものは天使のようだ、と彼は思い、その柔らかなからだのぬくもりと重みと、はねのけようとしても動かない勇気に、今宵自分が負ったどんな怪我も忘れようと思った。

たとえ、自分が今夜、この熊のような酔っぱらいに殺されようとも、今夜の無謀な勇気を後悔はするまい、と。

そのときだった。喫茶店の中に駆け込んだ子どもが、手に何か光るものを持って戻ってきたのは。

闇の中で、ドアから路地に降りそそぐ光を受けて光るそれは、細長い、けれど鋭そうなナイフだった。調理用に厨房に置かれていたものなのだろう。

震える手で、でもしっかりと、子どもはナイフを握りしめていた。

殴られた後の、腫《は》れ上がって傷だらけの顔で、目に涙をいっぱいためていて、けれど、歯を食いしばって、闘志をあらわにしていた。

暴力を振るい続ける自分の父親を見下ろし、背中から刺そうとしていた。

「――ああ、だめだ……」

彼は思わず、叫んでいた。傷だらけの、血の泡にまみれた、もどかしい、その口で。

「……だめだ。こんな奴のために、悪党になっちゃいけない。だめなんだよ。おまえは、まっすぐに生きるんだ」

そのとき、なぜ若き日の自分がそんなことを叫んだのか、あのときもいまも、彼にはわからない。勝手に口が動いていた。

（おかしな話だよな）

あの夜のことを思い返すたびに思う。彼自身は、自らの父親を殺したいほど憎んでいた。もし、子どもの時分に返れて、同じようなシチュエーションで、刃物を手にしていたら。迷いなく刺していたような気がする。

でもあの夜の彼は、目の前の子どもに罪を犯してほしくないと思った。

優しい母親にそれを見てほしくないと思ったのかもしれない。あるいは――いずれ自分自身が優しくないおとなの世界へと踏み込んでゆく、そんな予感が漠然とあって、せめて目の前のこの勇気ある子どもには、明るい世界で真っ当な人間に育ってほしいと思ったのか――そんな想いもあったような気がする。

とにかく、あのとき、彼は最後の力を振り絞るようにして、大男の足に組み付き、地面に引き倒すと、子どもに叫んだのだ。

「……警察を、警察を呼ぶんだ。早く」

よろけた大男の足に蹴られ、たまに踏まれたりもしながら、彼は抱きついた足を離さなかった。踏まれた弾みにあばらも折られたかも、と思いながらも、離さなかった。

子どもが、店の中に向かって、自分のそばを駆け去る、その足音を耳元で聞いた。その小さな響きを覚えているような気がする。そう、足音は小さく軽く、彼は思ったのだ。小さなからだで、何度も吹っ飛ばされながら、あの子どもは母親を守ろうとしたんだなあ、と。昔の自分がそうだったように。

懐かしくこみ上げてくるものがあって、彼は口の端で、薄く笑った。

それからあとのことはよく覚えていない。途切れ途切れの記憶の中で、パトカーのサイレンの音が近づいてきたのは覚えている。回転灯の明かりが眩《まぶ》しくてうるさかったことも。身をかがめ、顔の傷を改めた警察官が、ああこれはひどい、と、呻《うめ》くようにいったことも。酔っぱらいが捕まり、なおも暴れながら、どこかに連れて行かれたことも。

冷たい地面に横たえられて、呻吟しつつ救急車を待っていると、それまで聞こえていなかった賛美歌が、静かに聞こえてきた。喫茶店の中で、ラジオが鳴っていたらしい。『荒野の果てに』と、あと、あれは何という歌だったか、やすかれ我が心よ、とうたう賛美歌が流れていたと思う。

耳元で、亡き母が泣いている、と思ったら、そうではなく、彼がいま救った子どもと母親が路地にしゃがみ込み、抱き合うようにして、彼を見つめて泣いているのだった。店の前に立つ、クリスマスツリーの明かりに照らされながら、しゃくりあげるようにして泣いている。どうやら、彼が死ぬと思ったらしい。心底悲しそうに泣いていた。

彼はたしか笑ったと思う。大丈夫だ、自分は死なないから、といいたかったのだが、自分の口がちゃんと動いてくれたかどうか、それは覚えていない。


「あの夜は、お世話になりました――」

喫茶店の店主は、カウンター越しに、深々と頭を下げた。

おぼろに記憶に残るあの日の少年の面影《おもかげ》が、たしかにいまもあるように思うけれど、何しろ大昔のことだ。思い込みかもしれない、と彼は思う。

それでも、あの夜の、小さくか細かった子どもが、こうして立派なおとなに育ち、目に涙を浮かべてそこにいると思えば――やはり胸の奥に揺り動かされるものがあった。

左目を失い、顔に酷い傷を負ったのは辛いことであったけれど、思えばそれでも、深い傷と引き換えに、あの夜、親子を助けたことを後悔したことはなかった。そういう自分であったことを、いま、誇らしいと思った。

(ろくな人生を歩んでは来なかったけれど)

その一点に関しては、いわば人生の勲章のように、ささやかに誇るべきこととして、記憶していてもいいような気がした。

(神様やサンタクロースなんて、信じちゃいないが……)

今日の思わぬ邂逅《かいこう》は、そんな優しい存在からの、小さなご褒美のような気がした。

あの夜おまえが助けた親子は、その後、幸せに生きたんだよ。子どもは立派に育っておとなになった。じきにクリスマスだ、特別に教えてやろう。と耳元でささやいてくれたような。


「あの夜のことをきっかけに、母は父と別れることができました。わたしと母はあの街を離れ、母は先年亡くなりましたが、わたしの妻や授かった娘たちに囲まれて、おそらくは幸せな晩年を生きることができたろうと思います。——それもこれも、あの十二月の夜に、あなたが、わたしたち親子を助けてくださったから。通りすがりの親子の危機を迷わず救ってくださったからのこと。いまも昔も、感謝しかありません。

今日までお礼を申し上げることが叶いませんでしたが、こうして夢が叶い、やはり十二月という時期は、何か優しい存在が贈り物をくださる奇跡の時期なのかと、そんなことをこの年にして思いたくなります」

にっこりと店主は笑う。

ほんとうをいうと、迷わず救ったわけではない。結果的にそうなったといえど、逡巡《しゅんじゅん》はあった。だから彼は、わずかに目をそらし、ココアを味わう振りをした。

美味だった。優しく、懐かしい味だった。

香りも、味も、甘く、ひたすらに優しい。

「不思議なのは――」

彼はふと、店主に問うた。

「わたしはあのとき、特に名前など名乗らなかったと思うのだけれど、どうやってわたしの名前を知り、覚えていただけたのか、と……」

「あの事件の翌日、新聞の地方欄に、お名前が出ていたのを、母が見つけました。それを切り抜いて、大切に持っておりましたので。――ほんとうは入院なさっている病院にお見舞いに行って、お礼を申し上げるつもりだったのですが、あいにくタイミングが合わず、お会いできる機会を失ってしまいまして」

意識が戻り、動けるようになってすぐに退院したので、会えなかったのだろう。

若気の至り、というのだろうか。あのときは、入社したばかりの会社への遠慮もあり、これしきの傷、なんてことはないと強がりたかったということもあり、半ば逃げ出すようにして、退院を急いだのだ。先輩に付き添われて、飛行機で帰ってしまった。

そのときに無理したせいで、傷跡が酷く残ったのだと、のちに医師からいわれたことがある。長く入院して、きちんと治せば良かったのに、と。

でも、彼にはそんな時間も、医療費も、心のゆとりも、どのみちなかったのだ。

左頬の引き攣《つ》れた傷跡を、彼はそっと撫でた。

（そうか、見舞いに来たいと思ってくれていたのか――）

自分などに、そんなことを思っていてくれる者があろうとは思わなかった。


店主は静かに話し続ける。

「その後、年月が経ってのち、週刊誌で取材をお受けになっている記事を拝見して、お名前とお写真から、あのときの方だと思い――それからはずっと、遠くから感謝し、ささやかながら、幸運をお祈りしておりました」

「――なるほど」

彼はうなずいた。

仕事ではそれなりに成功を重ねたので、小綺麗《こぎれい》な姿で経済誌や週刊誌、新聞の取材を受ける機会も多かった。そのうちのどれかが、店主の目に入ったのだろう。

店主やその家族は、記事など見つけるたびにひとつひとつ集め、大切に保存してきたのだと微笑んだ。それはいまも続いている習慣なのだと。

そのとき、店の入り口から、まるで光が飛び込んできたように、あの白いワンピース姿の女の子が駆け込んできた。

「パパ」と、その子は店主に声をかけ、カウンターに座る客の姿に目を留めると、驚いたようにまばたきをした。

「パパ、このひとだよ。さっき会った、おじいちゃま——おじいちゃまみたいなひと」

女の子は、彼の方へと歩みより、首をかしげながら、じいっと澄んだ目で見上げた。

「——やっぱり、おじいちゃまだったの？」

店主が愉快そうに笑みを浮かべ、女の子をカウンターの中の方へと招いた。そうか、この方にお会いしていたのか、と呟きながら。

「わたしの下の娘です。この上にもうひとり、中学生の娘がいます。結婚が遅かったので、わたしの年にしては小さな娘たちでして。ふたりとも店の仕事と空港が好きで、何かと遊びに来るんです。まるでここが自分の家か庭のように」

女の子は少し恥ずかしそうに、顔を染めて、父親の腕にすがる。

遅く生まれた娘が可愛くてならないのだろう、店主は目を細めた。そして、

「——そうだよ、この方が、おじいちゃまだよ」

そういった。

「それは、どういう……？」

「あなたの記事を探し、集めることを、この子の姉が幼い頃、不思議がりまして。このひとはどういうひとで、どうしてパパはこのひとの記事を見つけると喜ぶの、と。

なので、このひとは、わたしの兄であり、お父さんのようなひとだと話しました。わたしにとっては、実際、あるときから、あなたの存在は、その、勝手な話なのですが、思い出の中で、そういうひとになっておりまして。そんな日々が続くうちに、小さなこの子には、あなたのことをおじいちゃまだよ、と話すようになっていました。――すみません、図々しい話だとわかってはいたのですが」

少しだけ、照れたような表情で、店主は笑う。

「ほんとうの父親とは縁が切れてしまったわたしと、わたしの家族にとって、あなたは――お客様は、いつの間にか、遠くで暮らしている、ほんとうの家族のように思えていたのかもしれません」

「――それは……」

彼は胸の奥からこみ上げるものを、飲み下すように、うつむいて息をついた。

自分のようなろくでもない者のことを、こんな風に遠くから想い、家族のように想っていたひとびとがいたことを知らなかった。

「そんなことなら、いっそ、わたしに連絡を取って――あのときの子どもだと、名乗ってくれていたら……」

そうしたら、自分はいくらでも、この店主や家族のために力を貸しただろう、と思う。

そうだ、生き別れていた家族にそうするように、大切にしてやれたものを。

(早い時期に、そうしてくれていたら――)

自分はいまよりは少しはましな、善人になれていたかもしれない。

「いえいえそんな」

店主は首を横に振って笑う。

「お客様は、大きな仕事をたくさんなさってきた、著名で立派な方です。若い日に通りすがりの子どもと母親を助けたことなど、忘れ去ってしまっているかもしれないと思いました。ずいぶん時も流れましたしね。それなのに、今更どうして、あの日助けていただいた子どもです、と名乗り出ることができるでしょう。仕事上のつてを作ろうとする、図々しい奴だと思われるかもしれない。そう思うと、そんな勇気はとてもありませんでした。

――それでも先ほどはつい、思わぬ再会に名乗りを上げてしまいましたが」

ははは、と、店主はまだ目元に涙の跡が滲む、そんな笑顔で笑う。

「空港は、いつもこの時期には、クリスマスの光に溢《あふ》れ、優しい存在の訪れを待つ、明るい雰囲気に包まれます。ここで一日を過ごしつつ、日々お客様を迎え、美味しく美しいものを作り、もてなしていると、ふと、世界にはほんとうに神様やサンタクロースがいて、十二月には優しい奇跡が起きるものだと、当たり前に信じたくなってしまうのです。

だから、あなたに——お客様にこの場所でお会いできたとき、それがとても自然なことのように思えました。だって、あなたはわたしにとって、奇跡そのものでした。子どもの頃、父の暴力に怯えながら生きるしかなかったわたしと母にとって、あなたは、夜の闇の中から現れ助けてくれた、正義のヒーローであり、サンタクロースそのものでした。絶望と恐怖と悲しみの日々の中で、魔法も奇跡も信じていなかったわたしにとって、あの日のあなたは奇跡そのもの——この世界には、命をかけて弱者を守ろうとしてくれる存在があるのだと教えてくれた、そんなひとでした。この世界は生きるに足る、優しい場所だと教えてくれたのは、あなたでした。お客様はわたしにとって、十二月の奇跡そのものだったのです」

店主の幼い子どもは、何も知らずに、おとなたちの会話を聞きながら、その小さな手にふきんをとり、テーブルを拭《ふ》いたりし始めた。澄んだ目にふっくらとした頬の、白いワンピースのその娘は、およそこの世の不幸とは縁のないような、愛されて幸せそうな子どもだった。

店主は愛《いと》しげにその様子を見守りながら、言葉を続けた。

「あの夜から、寂しく不幸な子どもだったわたしは、世の不思議を信じるようになりました。人間の優しさや、弱い者に手をさしのべてくれる誰かがいることを信じることができるようになりました。――それまでは、生きることはただ辛いこと、幸せなんて自分には縁がなく、よその子どもに与えられるもの、願っても叶えられない、テレビや漫画、映画の中にだけあるようなものだと思っていました。――でも、そうじゃなかった。世界は優しい場所だった。

ひとり親で育ったわたしは、時代のせいもあり、それなりに苦労もしましたが、勉強を重ね、働いてお金を集め、大好きだった喫茶の技術を、店を経営する術《すべ》を身につけて、ついにはこの空港に店を出すまでになりました。若い日からいまに至るまで、幾度か道を間違いかけ、安楽な脇道に逸れる誘惑に迷ったときもありましたが、そのたびにいつも、あの夜の奇跡を思いだしたのです。『おまえは、まっすぐに生きるんだ』そういってくださった、その声を思いだし、そのたびに正しい道に立ち返るようにして生きてきて、そして――いまがあるのです」

会計をしようとしたとき、彼は店主に、ココアがたいそう美味しかったと礼を述べた。

店主は、ありがとうございます、と頭を下げ、

「いつでもいらしてください。お待ちしております」

といった。

横で聞いていた女の子が、父と並んで、カウンターの中から、彼を見上げていった。

「オレンジジュースも美味しいよ」

「そうかい？」

「それと、卵サンドも美味しいから」

わかった、と、彼はうなずいた。

「では次は、オレンジジュースと卵サンドを頼むことにしよう」

ありがとう、おじいちゃま——女の子は、そういって、笑った。

「きっとまた来てね。おじいちゃまは、ずいぶん痩せているから、ご飯をたくさん食べた方が良いと思うの。元気にならなくちゃ」


店を出たあと、このまま家に帰るのは惜しい気がして、エスカレーターをまた上へと上がり、ターミナルの二階、出発階の広い窓から夜空を見た。

飛行機が翼に灯を灯しながら、静かに地上を離れていくのが見えた。

さっきよりもひとの気配が濃く、賑《にぎ》わっているなと思ったら、音楽が聞こえた。

クリスマスツリーのそばに、航空会社の制服を着たひとびとが集まり、それぞれの楽器でクリスマスソングを奏《かな》で始めた。この空港所属のオーケストラのひとびとなのだろう。年に何度か演奏している彼らの、今夜はそのステージの日だったようだ。

旅人たちが足を止め、あるいは移動しつつ、それぞれに音色に聞き入っていた。

『荒野の果てに』がターミナルに響き渡った。あの夜、十二月の夜の湿気った路地で、死にかけた彼の耳に届いた賛美歌が、いまは晴れやかに、空に響けとばかりに奏でられていた。

(立派なひとになりたいなあ)

彼は思った。祈るように思った。

自分にあとどれほどの長さの命があるかわからないけれど、その最期のときまで、ささやかに美しく生きていければと思った。——あの喫茶店の親子に、愛され、尊敬されるに足る自分でありたいと思った。

(そうだな、まずはまたあの店を訪れ、卵サンドを食べ、オレンジジュースを飲もうか……)

それはきっと、あの子の言葉のとおりに美味しいのだろうから。

ターミナルに賛美歌は鳴り響く。

夜空には星が灯り、飛行機たちは、自らも星のひとつになろうとするかのように、明かりを灯して、滑走路を走り、舞い上がってゆくのだった。

第二話

雪うさぎの夜

「あら、こんな時間に開いているお店があるじゃないの」

あずさは、ふと足を止め、ぼんやりとした光を漂わせている、その小さな空間を見下ろした。

螺旋《らせん》階段の下のフロアには、あずさのいるフロアと同じく、ひとの気配はない。

いまいるフロアと同じく明かりが落とされた空間は、うっすらと暗くて、眠りについたような気配が満ちている。薄闇の色をした水が静かに満ちているようだ。

そこに、明かりを灯《とも》している店がひとつだけ見える。花や雑貨が飾ってあるところを見ると、フラワーショップのようだ。店の奥には、大きなガラスの扉の、花を入れるための大きな冷蔵庫も見えるような。

(空港のお花屋さんって、こんなに遅い時間まで開いているものだったかしら?)

それとも、日本では、花を扱う店は、こんなに遅くまで開いているものだったろうか

――。


辺りには、あずさの他に歩く者はなく、しんとしている。

もうその日に発《た》つ飛行機はなくなった、夜更けの、大きな空港の国内線のターミナル。

航空会社のカウンターにもひとの姿はなく、明かりも暗く落とされていて、いつもは旅行者で賑《にぎ》わっている土産物店もレストランやカフェも閉まっている。建物が広々としているだけに、真冬の空気が寒々と感じられた。

この時間、空港外からここを訪れる者は、おそらくもういないのだろう。同じ空港の中に、複数あるターミナルのビル同士では、もしかしたらいまの時間も、その間を移動する旅人がいるのかもしれないけれど、久しぶりにこの大きな空港を訪れたあずさには、その辺りのことはよくわからない。

「日本も久しぶりだしねえ」

この国もこの空港も、いろんなところが変わっている。ハードもソフトもだ。ここ数年続いている流行病《はやりやまい》のせいもあってか、何だか特に、ハイテクな変化を遂げたことも多いようで、空港のあれこれも、勝手が違う。

あずさ自身は、海外の、特に北欧や韓国辺りを中心に移り住んで暮らしてきたこともあって、進んだＩＴ技術と付き合うことは不得手ではないのだけれど、祖国のそれはローカルの文化に基づいた進化を遂げたものか、扱いに戸惑うことも多々。すると年齢が年齢なので、機械が苦手なおばちゃん、みたいな目を向けられることもあって、多少傷ついた。久しぶりに帰った故郷の山間《やまあい》の町への陸路の長い移動も——空港ほどではないにしろ、やや勝手が違い、自分がもはや日本人ではないような気持ちになったりもしたものだ。

（ひとり旅が不便で寂しいなんて、そんな感覚、もうずいぶん久しぶりに感じたような気がするわ）

旅が楽しくない、なんてことがあるとは思わなかった。いつだって心弾《はず》む、自由なものだと思っていた。未知の世界に行くときも、既知の場所へ帰るときも。いつだって冒険の予感に胸を弾ませていたものだ。新しい経験、新しい出会い。そんなものを求めていた。

実際、友人も恋人も、二回した結婚のその相手も、旅の途上で巡《めぐ》りあった。職だってそうだ。描く才能も書く才能もたぶん故郷の母から受け継いだけれど、世界を舞台に仕事ができる（といっても、知る人ぞ知るくらいのレベルだけれど）、イラストレーターやライターとして立つことができたのは、そのきっかけは、若い頃のいくつかの出会いで得た。

あずさは自由で、物語の主人公のように少しだけ無謀で、それは何よりも大切なことだった。若い日に、故郷の母の元を旅立って以来、勇気を出して張った胸で風を切るように、生きてきたのだ。ひとりで。冒険者のように。

今夜、彼女は、ターミナルの中にあるホテルに宿を取っていて、翌朝の便で海外の我が家（いまはフランスの小さな古い町に住んでいる）へ帰る予定だった。

まだ寝るには早い時間だし、かといってすることもなく、部屋にいるのも気詰まりで、明かりを落としたターミナルの中を、ひとりふらふらと散歩していたのだった。

絵を描くのが好きでそれを仕事にしているので、スケッチか落書きでもすれば、時間は潰《つぶ》れるのだろうけれど、旅の疲れか気力がなく、画材も全て梱包《こんぽう》済みで、今更開ける気にもなれなかった。

家族なり友人知人なり、旅の道連れでもいれば、部屋やレストランで、食事や酒、会話を楽しめたかもしれないけれど、あいにくのひとり旅。散歩くらいしかすることがなく、けれど、真冬の夜の薄暗いターミナルの中をそぞろ歩くのも、そこまで楽しいものではなく。気まぐれに写真を撮ってＳＮＳに投稿などもしてみたけれど、そのうち、つまらなくなってきてやめてしまった。

そもそもが、この旅自体が、心弾む旅ではなく、滞在中のことを思い返すたびに寂しく切ない思いに落ち込むことも多くあり――そうすると、もはや知らない国の知らない空港のように思えるこの場所で、夜更けにひとりふらつくことが楽しいはずもないのだった。

気がつくとうつむいていた。背中がひんやりと冷えてくる。お気に入りの真緑のエコファーのコートの前をあわせて、妙に響くブーツの足音を気にしながら、ホテルの部屋に帰ろうかな、と思った。

バスタブに熱い湯を張って、からだをあたため、ベッドで目を閉じれば、じきにまどろみ、そして朝に――。

「だめだ、全然眠くないもの」

元が夜行性なのも祟《たた》っているのだろうか。特に最近は、子どもたちも巣立ち、恋人もいない時期で、つまりはひとり暮らしの気軽さもあって、夜通し絵を描いたり文章をまとめたりするのが日常なので、こんな宵の口に（彼女にとっては）眠れるとも思えなかった。

国際線のターミナルに行けば、この時間でも明るくて、店も開いているのだろうか。

（ひとの気配もあるのかしら？）

ちょっと行ってみたい気もしたけれど、ターミナル間の移動も、この時間では億劫《おっくう》な気がした。もう少し若ければ、とりあえず出かけてみるかと、足を踏み出しただろうけど。

ため息をつく。こんなとき、自分の老いを感じる。

認めたくないけれど、ふだんの暮らしの中で、少しずつ少しずつ、我が身の衰《おとろ》えと、見えないふりをしていた小さな後悔を感じることが増えてきてはいた。

パソコンのディスプレイの小さなフォントが見づらくなったり、気に入っていたアパートの細くて急な階段を上り下りするのが大変になったり。市場に続く石畳の坂も、美しいけれど、勾配が急すぎて、歩くのが辛《つら》くなった。

いろんな国籍や年齢の友人たちを部屋に呼んで、わいわい騒ぐのが楽しかったはずなのに、ひとりになったあとのしんとした空間で、ふと、

(わたしはいい年をして、こんな外国でひとりきり、何をしているんだろう?)

と思ったり。

日本の小さな町で——そうだ、たとえば故郷のような町で、地味だけれど地に足がついた職業を選んで、誠実にこつこつと働いて、誰か好きになれるひとと出会い、一度だけ結婚をして、温かな家庭を築き、夕方には商店街に買い物に行き、町内の古い神社のお祭に我が子を連れて出かけたり、町に溶け込んで、昔ながらの生き方をして、いつか家族に見守られながら老いていったりするような——そんな生き方もできたのではないかと思うこともあった。

古く小さな山間の町で、そっと微笑《ほほえ》みを浮かべて。町のひとたちと笑い合い、愛されて。

そう、ちょうど亡き母のように。

久しぶりの法事で訪れた古い家には、まだ母の匂いがするようで、ふとした弾みに、そのひとがどこからか顔を出しそうで——。

「あれ、来とったが？」

なんていいながら、近所のスーパーのレジ袋に入れたたくさんの食材を重そうに手に提げて、笑う母の姿が見えそうで。

「今夜はご馳走にするちゃね」

母は料理がうまかった。お菓子作りも。毛糸編みもレース編みも洋裁も得意で、温かいものや美しいもの、素敵なものを家族のために、たくさん作ってくれた。

それから、流れるような口調で、昔話を語ってくれるのも上手だった。古い山間の町は、大きな山や森に囲まれていて、そこに棲む動物たちや、不思議なものたちの話をたくさんたくさん、あずさは聞いて育ったのだ。美しかったり怖かったり、本当の話のような、作り話のような、物語の数々を。

眠る前のひとときに、布団の肩のところをそっと叩《たた》いてもらいながら。とても寒い、雪が降りしきる夜は、弟と三人、同じ布団にくるまりながら。あのぬくもりとうたうような母の声と、しんしんと降りしきる雪の気配を、あずさはいまも胸のうちに覚えている。

故郷の冬の雪は魔法のように果てしなく降りつもり、日を受けてまばゆく輝いた。町も遠い山々も光でできたような雪で覆われ、夜には青い月の光に世界中が染まった。しんとした夜、吹きすぎる風は獣たちのかすかな足音や声を運んでくることもあり――そんな音に交じって雪女の歌声が（母がいうには）聞こえてくることもあったのだ。

雪に包まれた高い山で暮らす雪女は、ひとり暮らしが寂しくて、時折夜にうたうのだと、母は声を潜め、優しい笑みを浮かべて教えてくれた。

そうだ、あの懐かしい母の一生のような、穏《おだ》やかな生き方もできたのだと思う。

雪深い山間の町の、古い時計店の一人娘として生まれ、高校を出てそのまま店で働いて、店を継ぎ、やがて幼なじみだった父と結婚して、穏やかに穏やかに暮らした母のように。

不幸なことは、早くに両親と死に別れたこと、そしてよその家庭よりも早めに、夫と死に別れたこと。けれど我が子を愛し、町のひとたちに愛され、いつも笑顔で生きてきて、実際、口癖《くちぐせ》が「ああ、わたし幸せや。幸せ者やわ」だった母。

あんな生き方を自分もできたのではないだろうか、とあずさは思う。母のようには無理でも、少なくとも目指せなかっただろうか。

小さな美しい箱庭の中で、時折空を見上げながら生きる、そんな静かな生き方が。

実家の時計店の、その跡を継いだ弟が一緒に暮らし、妻子とともに看取ってくれたこともあり、海外で暮らしていたあずさは晩年の母を知らず、通夜にも葬式にも、駆けつけたけれど、間に合わなかった。だからだろうか、仏壇《ぶつだん》があって拝《おが》んでも、墓参りに行っても、母の死に実感が湧かないのは。

今回久しぶりに田舎《いなか》に帰ったのは、弟から実家を処分し、墓じまいも決めようと思うのだが、と相談されたからだった。ちょうど久しぶりの法事の時期でもあり、はるばると空を飛び、陸路を旅して帰ってきた。

真冬の故郷は、昔の通りに雪に覆われていて、綿をかぶったようだった。――いや、遠目には昔の通りだったけれど、よく見れば、駅前の大きな商店街にかつてあった百貨店は看板を下ろし、百円ショップやドラッグストアが雑多に入ったビルばかりになっていて、そこここが歯が抜けたように、駐車場になっていた。

「時代の変化やわ、しゃぁないちゃ」

駅まで迎えに来てくれた弟が、言葉少なにそういった。

時計店のある商店街もすっかり寂《さび》れてしまい、弟も老いたので、住居を兼ねた店を売ってしまい、町中の小さなマンションに引っ越すことを考えているという。先祖代々の墓は、いずれ同じ寺の納骨堂に移すつもりだと。

引っ越しの予定と納骨堂のことは、以前もらったメールに書いてあった。

「墓も雑草生えたり虫でたりして、維持に手えかかんがいぜ。正直、俺も年とったから墓の面倒見るが辛いし。納骨堂やったら、冷暖房完備やし」

記憶の中の弟はずっと若い姿で、だから最初、メールで、「俺も年をとったから」と書いてあるのを読んだときは、冗談かと笑ったくらいだったのに、実際に会った弟は、顔にも首にも刻んだように深い皺《しわ》があり、昔ながらの柔和《にゅうわ》な笑みを浮かべると、目が細く皺に埋もれた。それは鏡に映る自分自身の笑顔にも似ていて、お互いに年をとったのだと、あずさは夢が覚めたように気づいたのだった。

「みんな年をとるのよね。いつまでも、夢を見て、ふらふらしていてはいけないんだわ」

たぶん、空を飛ぶ鳥がずっと飛んではいられないように、飛行機がずっと飛んではいられないように、夢想しがちな質《たち》の人間も、いつか、地上に足をつけて歩き出す、そんな時期が訪れるのかもしれない、とあずさは思った。

気持ちは若いまま、ずっと自由な旅人で、冒険者のつもりでいたけれど、楽しかった旅も終わりにするときが来るのかもしれない。

だけど――と、あずさは思う。

今更旅を止《や》め、立ち止まるとしても、自分はどこへ行けばいいのだろう?

実家もなくなり、故郷もすっかり変わってしまった。今更あずさが降り立つべき地平はどこにもないのだ。

（――わたしの人生の旅は、間違っていたのかしら？）

なんてつい、映画にでも出てきそうな言葉が浮かんでしまい、あずさはヒロインじみたことを考えた自分が可笑《おか》しくて、苦笑する。

皺が刻まれた、その口元で。


階下に、光を放つ小さなフラワーショップを見つけたのは、そのときだった。

まわりの店はみな明かりを落とし、しんとしているその中に、その一角だけ、光を放つお店があったのだ。

その店の照明は、不思議に銀色がかった白に見えた。きよらかで、しんとしていて、ふれると冷たいような白い明かり。

（ああ、雪の色だ）

油絵の具の色彩にたとえるなら、ジンクホワイト。

かすかな青を帯びた、透明感のある白。

母が油彩をしていたので、その色をあずさは知っている。母の趣味は絵を描くことで、三畳間の母の部屋には、母の描いた小さな油絵がたくさんあった。誰にも習わずに描いていたというその絵は、それはそれは上手だった。母が残した絵はどれも美しく、形見分けとして、弟と二人で、そして母の友人知人へとわけた。母も母の絵も、地元で愛されていたので、大切に引き取られていった。

あずさは、幼かった頃から、何度も、

「どうして画家さんにならなかったの？」

と母に訊《き》いたものだ。

絵を描くのが好きで、子どもの頃からお絵描き教室や画塾に通い、やがて都会の美大に進学したあずさにしてみれば、母の画才はすばらしく——正直いって、自分よりよほどうまいと憧《あこが》れるほどで、なのになぜ、そちらの道に進まなかったのだろうと、不思議であり、勿体《もったい》なくもあったのだ。

母は何も答えず、にこにこと笑っていた。

母は、自分の暮らした小さな町や、日々の暮らしの絵を描いた。作った料理や、庭になる柿の実や、池で水浴びをする野鳥たちや、冬ごとに作った美味《おい》しい干物の絵を、誕生日やクリスマスに子どもたちに焼いてくれたケーキの絵を描いた。我が子との日々とその成長を、深い愛を込めて、描いた。

あずさが成長し、方々に旅するようになると、旅先から出す絵葉書や、送った写真を見て、見知らぬ国や町の絵を描くようになった。

その絵にはいつも不思議な光が射《さ》していた。空も水も風も、ひとびとの笑顔も輝いていた。その絵はたしかに、あずさが見たとおりの旅先の情景で、その記憶を魔法で写し取ったようで、その上にうっとりするような、美しい光に包まれているのだった。

「なんでこんなにきらきらして綺麗《きれい》なの？　どうして、こんな絵が描けるの？」

つい、あずさが訊《たず》ねると、母は、

「心の中で、こんな風に見えるんやぜ。そのまんま描いとるだけ」

そういって笑った。

母はいつも幸せそうで、自分の暮らしを愛しているようで、実際、口癖のように、いつもそういっていた。

けれど、あずさには、寂しげな表情で、ひとり空を見上げている母の姿を見た記憶があった。一度きりのことだけれど。

母が手をつくし育てている、草花や木々が楽しげに伸び、咲いている庭の中で、母は風にそよぐ洗濯物のそのそばで、髪をなびかせて空を見上げていた。口を薄く開いて、ただ見上げていた。どこか悲しげに、遠く遠く、何かに憧れるように。

たぶん子どもの頃に見たあの表情とまなざしの記憶があるから、あずさは、母がいつもそう口にしていたとおりには、そのひとは幸福だったのだろうかと、つい思ってしまったりするのだ。

懐かしい町の、愛らしく美しい箱庭の中での生涯は、ほんとうに幸せだったのだろうか、と。

ひんやりとした風が吹き抜けたような気がして、あずさは、わずかに身を震わせた。

気がつくと、大きな窓に、白く雪がちらついていた。そういえば、空港のあるこの辺りは、夜から雪の予報が出ていたと思いだした。

螺旋階段を一歩ずつ下りてゆくと、なぜかそのたびに辺りの温度が冷えてゆくような気がした。フラワーショップの前に降り立ったときには、つい身震いして、肩を抱いたほどだ。

気のせいではない証拠に、吐く息が白く見えた。

「空調が故障してるのかしら？」

それとも、夜の遅い時間には、ひとが足を運ばなそうなフロアのエアコンは切ってあるのか。

あずさは肩をすくめた。少しだけ寂しかった。昔ならともかく、いまの世界情勢では、省エネのためにとそういうことはありそうだ。

「――まだお花屋さん、開いてるのに」

息をつき、コートの前をかき合わせて、あずさは、フラワーショップの前に立った。


愛らしい店だった。

どこか母の描く絵に似ている、と思ったのは、そのひとのことや絵を思いだしていたからだろうか。

絵本のような、あたたかみのある優しいデザインの店構えで、壁に見立てた背景のパネルは白く優雅な、シャビーシック。ターミナルの地下にあると思わなければ、どこかの町の商店街にでもあって、お客様を迎えているような、そんな店に見えた。

店のそこここに並べられた花々の鉢も、愛らしい。春の訪れを待つ今の時期のこと、いろんな種類の桜草が、色とりどりに花開き、光のような色の花びらを開いていた。

その様子はどこか、小さな子どもたちが並んで笑ったり、踊ったりしているところのようにも見え、あずさは微笑ましくなって、ついその身を屈《かが》めて、花をよく見ようとしたとき、

「いらっしゃいませ」

耳元で、穏やかな、若い女性の声がした。

はっとして目を上げると、不思議なことに、思ったよりもすぐそばに、長い黒髪の、エプロンを着けたひとがいた。

笑みを浮かべたそのひとの声は、しんとした時間のせいなのか、地階の空間の広さのせいなのか、うたうように響いて聞こえた。

いつの間に、そこにいたのだろう？

ずっと前からすぐそばにいたように、ちょうど草木が自然にそこにあるように、そのひとはわずかな違和感もなく、あずさのかたわらに佇《たたず》んでいた。

だからだろうか、瞬間心臓が跳ねただけで、そのひとがそこにいることを、当たり前のように受け入れたのは。

それと——。

(——あれ、知ってるひとだったっけ？)

何だか不思議と、既視感のある顔立ちとまなざしのひとだった。どこかで会ったことがある——見たことがあるひとのような気がする。ずっと前から知っている、とても懐かしいひとのような。幼なじみか、久しぶりに会った、子どもの頃の友人のような。

でも、思いだせない。

(うーん、そんなはずは……)

あずさは眉間《みけん》に皺を寄せた。我ながら見ること、見たものを記憶することには長《た》けているという自信がある。なので、この自分が会ったことがあるひとを思いだせないはずがない、という焦りと不安がある。

（誰だっけ。どこで会ったっけ？）

しばし、記憶を探ったけれど、特に思い当たらなかった。

こちらに向けるまなざしが親しげだから、そう思うのかもしれない、と考え直した。きっとこのひとはお花屋さんの仕事が好きで、お客様の誰にでもこういう懐かしげな、優しい視線を向けるのだろう、と思い直す。

つまり、会ったことがあるような、という記憶は、残念だけれど記憶違いなのだろう。

小さくため息をついて、うつむく。——こんなところにも、老いの影響はあるのだろうか。

あずさの脳裏と心によぎった様々な想いと逡巡《しゅんじゅん》に、目の前のひとは気付いたろうか。

ただ静かに、美しい絵がそこにあるように、花の中で、優しく微笑んでいた。

ほっそりとして、どこか中性的な色白のひとで、あずさよりもわずかに背が高いようだった。背中に流れ、足下までも届くような、漆黒《しっこく》の長い髪に、つい見とれてしまう。画家の性《さが》で、あまりにも美しいものを見ると、あれを描くならどんな画材でどんな風に、と、やはり無意識のうちに考えてしまう。

（うーん、わたしには難しいかなあ……）

最近はデジタルで作画する機会も増えたけれど、もともとあずさは、水彩絵の具を使うのが好きで、得意だ。

闇のような深い黒は、いろんな色を混ぜてゆけば作れるかもしれないけれど、その代わり、色は濁《にご》ってしまう。あの光を浮かべたような、透明感とつややかさを表すのは、自分には難しそうだと思った。

（なんだか、神秘的な感じのひとだなあ）

フロアに漂う薄闇のせいなのか、そばに他にひとがいないからなのか、目の前のひとが常人ではなく、どこか——妖精とか女神とかそういう、この世の者ならぬ美しい存在のように見えるのだ。

（いやいやまさか）

あずさは小さく首を横に振る。

疲れているからだろうと思った。肉体は充分元気なつもりで、眠気も差さず、目も冴《さ》えているると思っていたけれど、国際線のターミナルに移動するのが億劫に思える程度には疲れているのだ。からだも心も、今回の旅とこれまでの人生の疲れが蓄積していて、それで当たり前の情景に、摩訶不思議な情景に見えるフィルターのようなものがかかって見えるのではなかろうか、と、あずさは思う。

（いい年して、妖精さんが目の前に、なんて思うのは、いくらなんでもまともじゃないわ）

その髪と同じく、神秘的に黒々とした、そのひとの深い色の瞳は、店の明かりを受けて、きらりと輝いた。

「どんなお花をお探しでしょうか？」

静かな声が優しく訊ねる。

「あ──いえ、そういう訳じゃ……」

答えながら、あずさは、目を上げる。

無意識のうちに、店内の様子をうかがった。──絵葉書やぬいぐるみや人形や、花とともに贈られるような、愛らしい雑貨も置いてあるようだ。プリザーブドフラワーでできた、小さな置物の姿も見える。眠くなるまでの時間つぶしがてら、何か可愛らしいものを見繕うのもいいかもしれない。

草花は好きだけれど、さすがに、明日国際線でフランスに帰り、そのあとにまた、住んでいる町まで陸路での移動が続く身としては、ここで生の花束や鉢物を買うわけにはいかない。そもそも土がついたものを海外に持ちだせたかどうか。

でも、雑貨なら。

（お土産、買ってなかったものね）

家族や友人には、日本に帰ることを知らせてある。お土産も期待されているだろうに、物思うことの多い旅路であったので、そんなこと、頭からすっかり抜けていたのだ。

ちょっとささやかすぎるといわれちゃうかもしれないけど、文句はいわせまい、と、あずさはひとりうなずく。空の旅だもの、荷物が増えるのは大変なのだ、うん。

（ちょうど良かったかも）

そう思うと、ラッキーだったな、と思う。ほんの少し、心が楽しく軽くなる。そうだ、わたしはいつだってついている。若い頃から、よくそう思っていたように。

あずさはいつだって幸運な娘だったのだ。旅先で思わぬ美味しいものに巡りあったり、親切なひとたちと出会えたり。乗り損ないそうになっていた飛行機にぎりぎりで間に合ったり。

幸運、などというにはささやかな、どれもちょっとしたことかもしれないけれど、そのひとつひとつをあずさは楽しんできたし、そのたびにささやかな奇跡に感謝していた。

感謝し、楽しめる自分が好きだった。

巨大な空港を包み込むように、白い雪は降りしきる。

地下のフロアのこと、窓からその情景が見えるわけでもなく、その音が聞こえるわけでもないのに、あずさはその背や肩で、降り積もる雪の気配を感じていた。

しんしんと冷えてゆく、夜の空港のフロアの空気のせいだろうか。それとも、自分の他にはほとんどひとの気配を感じない、そこはかとない寂しさのせいなのか。

あずさには雪の夜は懐かしい。子どもの頃育った山間の小さな町には、冬が訪れるごとに雪がふわふわと舞い、限りなく降りしきり、降り積もったからだ。

凍るような空気の中で、白い息を吐きながら、あずさは弟や母と一緒に、小さな雪だるまや雪うさぎを作ったものだ。父が元気だった頃は、みんなで大きな雪だるまも作った。

雪うさぎは、ほんとうによく作った。何羽も作って、雪の庭に並べた。冬ごとに再会する小さな友達のように。耳にするためのつややかな緑の葉っぱも、目にするための赤い木の実も、母が育てた植物でいっぱいの庭で、いくらでも手に入ったから。

山間の、長く続く冬の日、曇天が続き、恐ろしげな音で風が吹く日が続いても、可愛らしい雪うさぎたちが庭にいれば、楽しかった。

特に可愛くできた雪うさぎは、冷蔵庫の製氷室に入れて、春になっても一緒にいようとしたけれど、そこは昔の冷蔵庫、いつの間にか輪郭が溶けて、ぼろぼろになってゆき、悲しいさよならを繰り返したものだ。

（あの頃は、雪女の友達もいたものね――）

ひとりぼっちで山に暮らしている、人間が好きな優しい雪女。寝る前に母が布団の中で聞かせてくれた雪女のお話をあの頃は本当に信じていた。サンタクロースを信じるように、夢や魔法を信じていた。母の語る言葉にはたくさんの不思議が満ちていた。


お気に入りの緑色のコートの前をあわせながら、あずさは小さなフラワーショップの中を歩いた。

至る所に置かれた、可愛らしい花や雑貨を眺め、亡き母が見たらきっと可愛いと喜んだだろうな、とついつい思いながら。

（桜草、桜草、ああここにも、かわいい桜草）

プリムラと呼ばれるその小さな鉢花たちは、様々な姿や色合いの、おもちゃめいた色彩と形をしていて、どれを見ても愛らしく、色とりどりの光でできたように見える。

母は桜草が好きで、この花がフラワーショップに出る時期には、鉢をいくつも買ってきて、窓辺に並べていたものだった。やがて訪れる春を待つ、そんな様子で。

（ヒヤシンスの水栽培を始めるのも、今くらいの季節からだったかな。もう少し先だったかしら？）

水栽培用のガラスの容器も、思いだしてみれば懐かしい。あずさは花を育てないので、いつどんな風に使うものか、それさえよく思いだせないけれど。

緑の指を持つように、植物を育てるのが巧《うま》かった母のその才能と丁寧《ていねい》さをあずさは受け継がなかった。正直な話、何かを世話することが面倒くさくもあった。何より、あずさは仕事の関係で、しょっちゅう家を空ける。母として授かった自分の子ども以外は何かの命を預かり育てることは無責任な気もして、遠ざかってきた。

（でも、そういうのもいいかもね）

この手で何かを育ててみるのもいいかも知れない、と思った。植物だけじゃない、行き場のない犬猫を引き取るのもいいかも。いまはもう若い頃のようには、無茶な働き方をしなくなったし。昔と違ってネットがあるから、遠くに行かなくても、取材も打ち合わせもできる。

生きているもの、成長するもののぬくもりにふれたいと、切実に思った。ふいに、降るようにそう思ったので、自分でも驚いた。

（不思議ね。でもなんか、しっくりくるなあ）

遠い昔に母を見送ったときは、あずさはまだ若かった。あれから長い年月が過ぎたのち、久しぶりに訪れた故郷は変貌し、弟は年をとり、自分もまた日々老いていっている。昔そうだったようには潑剌《はつらつ》と元気でないし、眉毛にも睫毛《まつげ》にも白いものが交じっていて、こんなところも白くなるのかと苦笑し、みつけるたびにため息が出る。

異国で育ててきた子どもたちは成長し、無事に巣立ち、あずさは気楽なひとり暮らし。いまはフランスの片田舎の小さな町で、絵を描き文章を書き、料理をしたり美味しいお酒を飲んだり、たまに友人たちとパーティーや映画鑑賞、ドライブをしたりと楽しく暮らしているけれど——。

たとえば夜明け前の、世界がしんと静まりかえる時間に、たまらなくなることがある。この部屋には、老いて死んでゆく自分ひとりしかいないんだなあ、と。

繰り返す呼吸のその果てに、いつか息が止まる日が来る。生というこの旅は、若い頃思ったようには、明るく果てしのない自由なものではなく、死に向かって続いてゆく、細く苔《こけ》むした下りの坂道のようなものなのだなあ、と。

今更引き返すことはできないけれど、自分のこの先の旅のプランはもう決まっていて、終わりの日も近づいているのだろうなあ、と。

（まあ、楽しい旅だったけどさ）

ただ、寂しい、と思った。

いつか、賑やかな祭が終わるように、人生の旅にも終わりの日が来る。旅の最後に向けて、細く寂しい道は続くのだ。自らの命の終わりを見つめる、そんな日々の果てに。

どこかで、生きるということの、その楽しく賑やかな祭は永遠に続くような気がしていた。ひとの一生に終わりはあると知っていても、自分のそれはずっと先の、行き着けないほどに遠い未来の、明るい旅路の果てのことだと思っていたような気がする。

さて、帰途の空港のターミナルの、この夜は長く、時間はまだある。

少なくとも、この店が閉まる時間くらいまではここにいてもいいかな。そうしたら、良い感じに眠気も差さないだろうか。

幸い、さっきから――この小さなフラワーショップを見つけて地下のフロアに降りた辺りからだろうか、かすかな眠気の兆しのようなものは、感じ始めてはいるのだ。

(あとで、ここは何時までか訊かないと)

いまは細く白い手で花の手入れをしている、店主らしき女性の気配をそれとなくうかがう。

遅い時間のこと、ほかに客の姿も気配もなく、閉店の時間さえ、もう少し先ならば、あずさがもうしばらくの間はここで時間を過ごしても、迷惑なことはないのでは……。

長い髪のそのひとが、店の奥にある、大きなガラス張りの冷蔵庫を開けた。そこには光を詰め込んだように、色とりどりの美しい切り花が並んでいた。白い森のようなかすみ草の束に、薔薇《ばら》にトルコ桔梗《ききょう》にスターチス。冷気と一緒に、ふわりと甘い香りが漂ったのは、白と黄色の水仙とピンク色のフリージア。どこから取り寄せたのか、春を先取りしたような、花を咲かせている桜の枝もある。

(——ああ、棺《ひつぎ》みたいだ)

ふとそんな連想が働いたのは、通夜と告別式に間に合わなかったあずさのために、弟が写真に撮っておいてくれた、母の棺の中の姿が記憶に残っていたからだろうか。

母は花が好きだった。特に、水仙が。最後も棺に飾られた、たくさんの春の花々とともに旅立った。

病院のひとびとの手によって、綺麗なお化粧を施された母は、うっすらと笑みを浮かべ、眠るように目を閉じて、花々の中に横たわっていた。

たくさんの花々に囲まれた微笑は、まるでお姫様のよう。いっそ幸せそうにも見えたものだ。病を得て、けれど長く寝付くこともなく、灯が消えるように静かに旅立ったという母は、やつれた様子も見えず、どこかやれやれと笑うように、ほっとしたようにも見え、弟夫婦もまた、同じことを話していたのだという。

（お母さんは、うちの庭にも水仙をたくさん植えて育ててたっけ）

水仙は品種によって、花の咲く時期に違いがある。母は冬から遅い春にかけて、ずっと花が咲いているように、いろんな水仙の球根を集め、庭に植えて育てていた。その辺りには黄色や白の花たちが咲き誇り、辺りに良い香りをさせていたものだ。

彼岸花《ひがんばな》の仲間で毒があるから、と母に教えられ、だからその花を摘んで遊ぶことはなかったけれど、幼い頃からいつもその時期に咲いていた花なので、こうして見ていると、胸の奥が痛むほど懐かしくなる。

明かりを落としたフロアに、光をたたえた冷蔵庫があるせいなのか、その一角は、ひときわ美しい幻の花々が並ぶ、小さな花園のようにも見えた。

店主が静かに、冷蔵庫のガラスの扉を閉める。長い黒髪を揺らして、あずさを振り返り、微笑んで、

「お花がお好きなんですね」

「え。ああ、まあ……」

亡き母親ほどではないけれど、とつい言葉にしようとして、いやそんな話をこんな時間に聞かされても困るだろう、と、やめにした。

店主は何を思うのか、優しい笑みを浮かべたままで、

「お客様は、とても懐かしそうな目で、お花をご覧になりますね」

「――そうでしょうか」

はい、と店主は笑う。

あずさは、ただ小さくうなずいた。そうかも知れない、そう見えるんだ、と思って。

同時に、そういったこのひと自身は、「お客様」のことを――あずさのことを、とても懐かしそうな、優しい目で見るなあ、と思った。

あずさもまた、こんなまなざしで、花々のことを見ていたのだろうか。

そしてやはり、このひとを自分は知っているような、ずっと昔の、それこそ子どもの頃からの知り合いのような気がして、胸の奥がきゅっと痛くなるのだった。

(でもなあ、わたしの気のせいなんだろうなあ……)

美しい店主の、その年齢はわからない感じだ。若いまだ学生くらいの女の子のようにも見え、同時に落ちついた既婚の女性のようにも見える。もしかしたら、あずさの娘くらいの年になるのだろうか。やはり、この国の、これくらいの年齢の女性に知り合いはいないような気がする。

(そもそもわたし、長いこと、日本にはいなかったし)

それにしても、このひとは、どうしてあずさを、慈しむようなまなざしで見るのだろう。

懐かしく感じるのも道理、この目は、自分よりも幼い子どもを見守るような、そんな視線に思える。

いっそ自分が小さな子どもになったようにさえ、思えるような――。

あずさはゆるく首を横に振った。自分はやっぱり疲れているんだな、と思った。旅の疲れに加え、墓じまいの打ち合わせに始まる、故郷喪失の想いやら何やらで、滅入っているのだ、ひどく。そのせいだ。今夜は変に気分が揺らぐ。

(水仙の匂いのせいかもしれない)

それと、気まぐれに今頃やって来た眠気のせいなのかも。――あずさは小さくあくびを嚙み殺した。

なかなか寝付けないくせに、一度、眠気が差すと、眠りの魔法でもかけられたように一気に眠くなるのは、これも老いのせいだとあずさは思っている。昔、インタビューした目上の画家に聞いたとおりだ。

「年をとるとね。机の前で腕組みをして何か考えようとしてさ、目を閉じたらもう寝入っているんだ。いまヘッドフォンをして音楽を聴いていたと思ったら、椅子に寄りかかって船を漕いでいる。ふがいない。情けない。そうなって初めて、自分の年とった父親がそんな風だったのを思いだしたよ。テレビでラグビーや野球を観ていたと思ったら、もうソファでいびきをかいてるの。笑ったりしちゃいけなかったね」

そして画家はこう話を続けた。「眠りの世界に、船にでも乗せられたように、すうっと入れるようになるんだ。思うに、あれは死の訓練で、そのときに怖くないように、自然に眠れるように、からだが準備してるんだと思うんだよね。ギリシャ神話の昔から、眠りと死は兄弟だからね。どうやらとても近いんだ」

どこか縁起でもないことを思い出したからだろうか。眠気に交じって、軽い吐き気と目眩《めまい》がした。

「――大丈夫ですか?」

店主が風が吹くような、優しい声で訊ねる。うたうような声。

ああ、この声も知っているような――でもそう思うのも眠気か老いのせいかしら。そう思ったとき、ふと、棚に並んでいる、小さなガラス細工の雪うさぎたちに気付いた。いったい何羽いるのだろう。木の葉の耳に、赤い木の実の目の白く小さな可愛いうさぎたち。

昔、あずさが家族と作った雪うさぎに似ていて、その小さな小さな、ミニチュアのような、白いうさぎたちが愛らしい様子で並んでいる。お人形の手がこさえたような、うさぎたち。雪のような、半透明のガラスの粒を固めてできているようだった。

小さなうさぎたちは、可愛らしくて、美しくて、そしてとても懐かしく思えた。

「そっか、ガラスのうさぎだと溶けないんだ」

春になってもさよならしないで済むうさぎなのね、と、あずさがつぶやくと、

「ええ」と、店主は微笑んだ。「だから、飛行機に乗せて、旅のお土産にもできますよ」

あずさは笑い、

「この子たち、みんなください」

と、お願いした。

お土産は、足りないときが困るもの。余る分には問題ない。ここにいるだけ買っていって、余ったら自分の部屋にも置こうと思った。

そうしてなにげにふれた小さなうさぎは、ガラスのはずなのに、指先が凍るように冷えた。氷にふれたようだった。あるいは雪に。ほんものの雪うさぎに。

あずさが戸惑って立ち尽くしていると、店主が軽く会釈し、小さなうさぎたちを横から指先でそうっと集め、トレイに載せて、楽しそうに、そばにあるレジを置いた机の方へと持っていった。

「箱を用意しますね。それに梱包材と、包装紙。小さなリボンもおつけしましょうか」

「あの――」

思わず声をかけようとして、あずさは言葉を呑み込んだ。あの小さなうさぎたちをひや

っと感じたなんて、気のせいだ。だってあれはガラス。ガラスのうさぎたち。

(錯覚《さっかく》だ。眠気と年のせいだ)

あずさはため息をついた。

勝手にどんどん増して行く、この眠気のせいだろう。

(いやだなあ、ぼんやりする)

いまどこかに寄りかかれば、そのまま眠ってしまいそうだ。さっきから、夢の世界に手を引いて連れて行かれるように、現実が少しずつ壊れていっているような気がする。夢と現実の境界が薄れ、混じりあって、いい加減になるというか。

たとえば徹夜仕事をした次の日の、その朝や昼までは元気なのだ。でも夕方が近づく頃、電池が切れたように眠くなることをあずさは知っている。そのときこんな風になるのを、何回も何回も、経験して知っている。

(もう若くないし、無理はやめようかな)

じきに——いやもう少し先だと思いたいけど、人生の旅も終わるような年なんだし。

「ああ、いい旅やったわ」

今際《いまわ》の際《きわ》に、病院のベッドで母はそういったそうだ。

にっこりと笑って。

その笑顔が明るくて、ほんとうに幸せそうに見えたから、弟夫婦は訊ねたそうだ。

「どっかに旅行する夢でも見とったが？」

「なーん」母は笑顔のまま、言葉を続けた。

「人生の旅のこと。おかげさんで、お母さんは、ほんとうにいい一生を送ることができたちゃ。果てしない青い空を見上げてどこまでも歩いて行くような、ご機嫌な旅路やったわ。綺麗なものをたくさん見て、楽しいお話をいろんなひととして、絵をいっぱい描いた」

おかげさまです、ありがとう。母はそういうと目を閉じた。それきり意識が戻ることはなく、数日眠り続け、やがて呼吸が絶えたそうだ。

（果てしない、青い空、か——）

母が亡くなったとき、形見分けにもらった絵の中に、パステルで描かれた空と大地の絵があった。絵葉書ほどのサイズの額装されたその絵は、人物や生き物や、小物もなく、ただ空と地平線だけが描かれた静かな絵だった。母の人生の最後の方に描かれたものだと、鉛筆で書かれたサインの日付で知れた。

いま思うと、あの空こそが、母の心の中の果てしない空、見上げていた空だったのかも知れない。

小さな額の中の、小さな絵のはずなのに、その空の青色は、果てしなく透き通り、どこまでも高く見えた。地平線は空から降る光に照らされて、うっすらと輝き、旅路の果てに夢や幸せを約束しているように見えた。

小さな山間の町の、古い商店街の時計店で、家族を守り、お客様や友人知人たちと話に花を咲かせ、静かな日常の繰り返しの中で生涯を終えたそのひとの心の中には、果てしない空が広がっていたのだろうか。あずさのように、その空へ飛び立たなくても、異国の道を歩かなくても、庭から空を見上げるだけで、心は自由で、楽しかったのだろうか。

『ええ、そうやよ』

ふと、懐かしい声がすぐそばで聞こえたような気がした。

冷蔵庫のガラスの扉の前に、見慣れた細い後ろ姿がある。美しい細工の手編みのセーターを着た、それは亡き母だ。棺の中の写真の老いた母ではなく、あずさが知っている、もっと若い頃の、いまのあずさくらいの年齢の、母の姿だった。

『わたしはとても幸せで、絵のような人生の、その旅路を辿《たど》ったが。傑作やったと思っとるちゃ。最高な旅やったわ。――でもね、ここだけの話――』

母はいたずらっぽく笑う。『あずさちゃんみたいに、海外をさすらう人生もかっこいいわって、少しだけ、憧れとったがいぜ』

「えっ……」

『自由に、風切って歩くような人生の旅って、お話の主人公みたいやろ？　我が子ながら、かっこいいって思とったが。これからもどこまでも風切って旅していかれか』

かすかな笑い声だけ残して、母の姿は目の前から消えた。

あずさは目と目の間を揉み、苦笑しながら、一筋だけ、涙した。

夢でも錯覚でもいい、大好きなひとと会えたことが、嬉しかった。

（そう、夢でも錯覚でもいいんだ――）

そのひとの言葉で、自分の人生は幸せだったと聞けたことが、嬉しかった。あずさの人生を肯定し、未来へ続くその旅路を言祝《ことほ》いでくれたことも。

あずさはゆるく、首を振る。想いを口にする。

「いまの言葉聞けて、良かった。だって、ほんとうにお母さんは幸せだったかも知れないって、思えるじゃない？」

「――お幸せだったんじゃないですか？」

花屋の店主がガラスのうさぎたちをていねいに包みながら、レジから声をかけた。

優しい笑み――あの小さな子どもを見守るひとのような、笑みを浮かべていた。

「お母さんが幸せな人生の旅路を歩んだかどうかなんて、そんなのあずさちゃんがいちばんわかっていたことでしょうに」

そんなことは、といいかけて、あずさはふとととまどう。――このひとに、自分は名前を教えていただろうか？

「名前なんて、とっくの昔に知っているし、永遠に忘れることもないですよ」

母の言葉に似た、いたずらっぽい表情と言い回しで、目の前の美しいひとはそういって微笑みを浮かべ、小さなうさぎたちが入った紙の包みを、あずさに手渡した。

ふとふれた白い手の、そのひんやりと氷のように冷たかったこと。でも限りなく柔らかく、優しい手だったこと。

「あっ」

あずさは声を上げた。「――思いだした。あなたは優しい雪女さんだ。そうでしょう？」

目の前のひとは微笑む。懐かしい笑顔で。

ずっと昔、母の作ってくれたお話の中で、あずさと弟の友達になってくれた、おそらくはそのときのままの笑顔で。

スケッチブックに母が描いてくれた、美しい娘が、いま、そこにいた。母の語る言葉と絵で描かれていたそれが命を持てば、間違いなく、このひとだろうとあずさは思った。

母は、あずさと弟に、たくさんの物語を聞かせてくれた。母はお話が上手で、たくさん知っていて、特に地元の山間の町に伝わる、昔話に詳しかった。語ることが巧かった。

そんなお話の中に、雪女の話があった。そのひとはとても美しいし、優しいけれど、冬の雪山にひとりで暮らしているという。ほんとうは寂しいし、ひとと友達になりたいけれど、自分が山にいることは内緒だから、もし会っても、秘密にしていてくれないと困る。でもひとは口が軽いから、約束を破ってしまう。そうすると、可哀想《かわいそう》だけど殺さなくてはいけない決まりがある。それに、雪女の息はあんまり冷たいから、ひとにかかると凍ってしまう。だから我慢してひとりぼっちで暮らしているんですって、と。

あずさと弟は、それは可哀想だと母に訴えた。自分たちなら、息がかかっても凍らないように頑張るし、雪女に会ったって誰にもいわない。絶対に秘密を守れるから、そのひとと友達になりたいのに、と。その頃あずさたちは父と死に別れていて、それ故に誰かの寂しさを我がことのように感じたのかも知れない。

「そうやね。そのとおりやわ」

母は笑った。そして、あるときから、雪女があずさの家を訪ねてくるお話を、寝る前に布団の中で語ってくれるようになったのだ。

優しい雪女は、あずさの家を時々訪ねてくる。こっそり風に乗って、山から下りてくる。

友達になりたいといってくれたことが嬉しかったからだ。山のお土産を持ってきてくれたりもする。美味しい木の実やかわいい花や、すすきの穂で作ったふくろうや。けれど人間に会うと自分の冷たい息で凍らせてしまうから、あずさたちには会わずに急いで山に帰ってしまうのだ。一言二言、筆で書かれた短い手紙だけ残して、姿を消してしまう。

優しい雪女の訪問は、それから長く長く続いた。雪女は何度もそっと家を訪ねてきて、そっと山に帰っていった。

母はスケッチブックに、雪女の絵を描いてくれた。優しい、見守るようなまなざしの、長い髪の娘の絵を。

「こんな感じのひとやったわ。窓からちらっと見えたが。髪が艶々《つやつや》して真っ黒で、長くてねえ。その髪と白い着物が、雪風に、ふわあってなびいとったがいぜ」

そんな風にいって。

母の語るお話はいつも上手だった。あずさも弟も、雪女がほんとうに山にいて、ほんとうに家を訪ねてきてくれているような気持ちになっていたものだ。だって、雪女のお土産は、いつだって、本物のようだったし。

「今日は、雪女さんが、ほら、こんなにたくさん木苺の実を集めて持ってきてくれはったがいよ」とか、「あけびの蔦《つた》で作ったリースをくれはったわ」とか、「山鳥の尾の長い羽根を置いてってくれたが。綺麗やね」

なんて、母はいろんなものを見せて、子どもたちに渡してくれたものだ。とてもとても、楽しそうに。

ある雪の日など、学校から帰ると、庭にたくさんの雪うさぎがいた。

「優しい雪女さんが、山から連れてきてくれたがいよ。みんなこの庭が気に入って、春までここにおることにしたがやって」

母が笑顔でいうので、それを信じた。

気温が上がるにつれ、うさぎは溶けていき、庭からいなくなったけれど、どこかで、ほんとうは溶けたのではなく、うさぎの魂は山に帰ったのだと、その頃のあずさは思っていた。だから冬になればきっと、また会えるのだと。

思い返せば、幸せな夢のような時間だったと思う。日常の隣にいつも不思議の世界が広がっていた。

けれど、楽しいお話の時間にも、いつか終わりのときが来る。子どもが大きくなるにつれ、サンタクロースを信じなくなるように、あずさも弟もいつのまにか、雪女の訪問を驚くことも喜ぶこともなくなっていった。

ある日、雪女は、『いつかまた会いましょうね』とだけ書かれた手紙を残して、もう二度と、あずさの家に来なくなった。

たしか、最後のときにも何かお土産を持ってきてくれたけれど、それが何だったかすら覚えていないくらい、昔の話だ。

「――ごめんなさい。長いこと忘れてました」

あずさがそういうと、優しい雪女は、母の絵に描かれていた笑みと同じ笑顔で、少しだけ小首をかしげるようにして、微笑んだ。

小さな子どもを見つめる、すべてを許すそんな瞳で。


気がつくと、あずさは、ターミナルの明かりを落としたフロアにひとり立ち尽くしていた。

地下のフロアにあるお店はみんな閉まっていて、ひとけはない。――あのフラワーショップに行ったと思ったのは、夢か幻だったのだろうかと思い、呆然としたけれど、両手には、間違いなく、梱包された小さなガラスのうさぎたちが丁寧に入れられた袋があった。

ただ、さっきまでそこにいたはずの一角にある、その店はいまは暗く、大きな冷蔵庫にうっすらと明かりが灯っているばかり。切り花がガラスの箱の中で、静かに眠っているように見えるだけだった。

長い黒髪のあの女のひとの姿はない。

「何か——狐につままれたような」

あずさはゆっくりと首を振りながら、腕の中の袋を大事に抱えて、ひとり夜のターミナルの、その地下を歩く。

ガラスのうさぎたちは、さっき夢の中でそう思ったようには、ひやりと冷えてなんかいない。袋越しにだってわかる。ただのガラスと同じ、優しい冷たさだった。

けれどブーツを鳴らして歩くうちに、ゆっくりとあずさは思いだしていた。遠い日の、優しい雪女からの最後の贈り物は、小さなガラスの雪うさぎだったかも知れないと。

雪うさぎが溶けると別れを寂しがるあずさのために、ずっとそばにいてくれる溶けないうさぎを、雪女は最後に子どもたちに持たせてくれたのだ。

「あのうさぎ、どこにやったかなあ？」

いまもどこかにあるのかも知れない。たとえば、実家の子ども部屋の勉強机の引き出しとかに。弟に、実家を片付けるとき、それだけは捨てずにこちらに送って、と頼まなくては。

「夢か幻だったのかも知れないけれど」

雪女の手の優しさも冷たさも、母の笑顔も声も、みんな覚えている。忘れないと思った。

「きっと、間違った旅なんてないのよ。人生の、どの選択にも意味がある。この道を行こうと決めたなら、その道が正解なの。価値のない人生なんてない。だって——」

ひとそれぞれの心の中に、それぞれの空があるのだ。母の描いた小さな絵の中の空のように、果てしなく美しい青い空が。

見上げる空に狭いとか小さいとかないように、どの空もきっと、等しく果てしなく広い。ひとはそれぞれの空の下を自由に旅してゆく。ひとりにひとつ、それぞれの、人生の旅を。

みんなひとり旅。誰だってそうだ。それは少しだけ寂しく、孤独で、でもなんて豊かで誇り高い旅なのだろうと思う。

子どもの頃の自分は母が心の目で見て描いた、優しい物語の世界の中で、自由に遊ばせてもらい、愛されて育ったのだと、今更のようにあずさは思う。

母のそれはけっして、小さな庭と町だけで暮らしていたと、箱庭の中で生きてきたような人生だったと憐れまれるような人生ではなかったと、いま、あずさは思う。

いやたぶん、そんなことはわかっていたのだ。忘れていただけで。すべてわかっていた。

「そしてわたしの人生も、間違ってなんかいなかった。きっとね」

誰の人生も、間違ってはいない。

あの母に憧れられて、かっこいいと思われていたというなら、自分はそれでいいのだ。

だからこれからも、あずさはあずさのままでいい。今まで通りに生きてゆく。物語の主人公のように、胸を張って、自分だけの空の下を行く旅人でいよう、と思った。

ターミナルの螺旋階段を上り、地階のフロアから、上の出発フロアへと辿り着く。

顔を上げると、大きな窓の外には、白い雪が舞い踊っていて、ああ、積もりそうだな、と、あずさは思った。遠い日のように、雪うさぎや雪だるまを作りたいような気が少しだけした。昔取った杵柄《きねづか》とか、うずうずするとか、そういう感じで。その気になれば、いまだって、そのへんのひとが驚くくらいの何かを作れそうだ。朝起きたら積もっていそうだから、綺麗な雪を集めて、そして――。

「でも明日は出発の時間が早いから、作ってる時間がないかなあ」

良い感じに眠いから、朝、ぎりぎりの時間まで起きられないかも知れないし。

あずさはふわりと微笑んで、同じフロアにあるホテルを目指す。もし明日早起きできたら、ちょっとくらいは雪遊びをしても良いことにしよう、と自分に許可を与えつつ。

大きな窓から見える、空港の夜の雪景色の中に、長い黒髪をなびかせた雪女と、跳ねる雪うさぎたちが見えたような気がしたけれど、懐かしく、幸せな幻かも知れなかった。

第三話

竜が飛ぶ空

三月。出発階の窓から見える空は、どんよりと曇っていて、時折、吹き荒れる風でガラスがきしむような音を立てる。

とても不穏な、背筋が寒くなるような感じで。

(何かさ、見えない妖精が泣いているみたいな声だな)

福岡行きの飛行機の搭乗時刻を待ちながら、ソファに腰をおろしていた翔太郎《しょうたろう》は思った。めくっていた単語帳から目を上げて。

たとえばほら、アイルランド辺りの民話で、泣きながら死を告げる長い髪の妖精の話がなかったろうか。あんな感じの。不吉な。

まるで涙のような雨が、叩《たた》きつけるようにガラスに降りそそぎ、流れてゆく。

春の嵐だった。

天候悪化に伴《ともな》って、ここから飛び立つはずだった飛行機の、遅延と欠航が決まって行く。

春休みの時期の空港は普段でも混み合う。その上にこの悪天候だ。ターミナルの中は旅人や、それを見送り出迎えるひとびとがぎっしりと、思い切り混み合って、ひとびとの声と気配がざわめき、行き交う足音とキャリーを転がす音がそこここで響く。そしてチャイムとアナウンスの声が——。

「——うう、気が散って、集中できないな」

空港で勉強するために、早めに予備校の寮を出たはずが、それが良かったのか悪かったのかわからなくなってしまった。これならぎりぎりまで、部屋にいた方が良かったかも。

自分のような浪人生（それも三年目の多浪だ）には、来年の医学部受験に向けて無駄にする時間は一秒だってないと思いながら、だめなものはやっぱりだめで、深いため息をつきながら、ターミナルの高い天井《てんじょう》を仰《あお》いだ。

（焦っちゃだめだ）

と思うけれど、いまだ不合格のショックから立ち直れていない身としては、ひとつでも多く英単語を覚えたい。少しでも勉強を進めないといけない、と追われるように思ってしまう。

（早く実家《いえ》に帰って、勉強したいのに）

都会の予備校の来年度の講義が始まる前の、短い春休み。そのまま寮にとどまることもできたけれど、やつれた様子を見かねたらしい講師が、実家への帰省を強く勧めた。

「これから来年の受験に向けて、また新たな勉強の日々が始まるんだ。リフレッシュも大事だと思うよ」

そうだよなあ、と、翔太郎はため息をつく。

気分の切り替えは大切だ。もっと精神的に強くならなくては。どんな職業に就くにしても必要なことだと思うし、特に自分のように、医療従事者――医師を目指したいのなら、多少のことに動じず、何度でも傷心から立ち直れて、不屈のファイティングポーズがとれるようでなくてはならないだろうと思う。

「――強くならなくちゃ、だめだ」

ヒーローのようでありたいのだから。

いつどんなときでも、この手で命を救い、傷ついた子どもたちを抱き上げられるように。

「その前に、医学部受験を勝ち抜かなきゃなんだけど」

どうにも成績が足りていない。そして勉強を重ねても、いつも、あるはずの実力を発揮できない。翔太郎は本番に弱い質《たち》だった。正直、メンタルが弱すぎるのだと思う。

(医学部に進んでも、そのあとさらに勉強が続いて、最終的には、国家試験とかあるんだっけ……)

大学で、レベルの高い講義に落後して、留年とかしてしまって、さらに国家試験も不合格に終わるんじゃないかな――そんな不吉な予感がして、翔太郎は膝の上に身をかがめ、胸の奥から、深く長いため息をついた。

「お医者さんなんてさ、俺なんかが見るには、分不相応な夢なのかなあ……」

小さい頃、からだが弱く、病院にかかる機会が多かった。入退院を繰り返した時期もある。そんなとき、自分に向けられる医療従事者のひとたちの視線の優しさや真摯《しんし》さに打たれ、特に、病気を治してくれる医師たちに対する尊敬と憧れが、心の中でどんどん育ってゆき、いつかは自分も、と思うようになった。

テレビのヒーローものの影響や、国境を越えて紛争地で活躍する、医師たちへの憧れもある。翔太郎は普通の子どもに過ぎないけれど、勉強を重ね、資格を取って、立派な医師になれば、窮地《きゅうち》にある弱きひとびとの命を守り、救うことができる、リアルなヒーローになれるのだと思った。まるでテレビの画面の中から飛び出してきたような、優しく強い、正義の味方になれると思った。

おとなになるにつれて、世界には不条理なことや、あまりにも非道なことが多いと知るようになる。幼い子どもだった翔太郎も成長するにつれ、ささやかでもいい、世界を良い方に変えてゆく、誰かを笑顔にし、幸せにするための力を持つ、そんな存在になれたらと思うようになった。だからこそ、ひとの命を救う力を持つ、医師という存在になりたかったのだ。

ぼんやりと窓の外を見ていると、嵐の中をつっきるように、白い翼が降りてくるのが見えた。迷いなく、一心に舞い降りてくる姿はどこか神々しく見えた。

ふと、子どもの頃に、この空港で、もう引退間近のジャンボジェット、Boeing747を見たことがあるのを思いだした。四つのエンジンを持つ、巨大なジャンボジェットは燃費が悪いこともあって、その後日本の空を飛ばなくなり、たしか二〇二三年には、生産を終了、最後の一機が工場から納品先に引き渡された、とネットニュースで読んだ記憶がある。

（ドラゴンみたいな飛行機だったよな）

真っ白く、巨大な竜のようだった。空港に降りて並んでいるところを見ると、はっきりと他の飛行機たちとその大きさが違った。あのときは、福岡との往《い》き来《き》に母に連れられて乗ったのだけれど、離陸するときのエンジンの響きが、ドラゴンの咆哮《ほうこう》のようだった。

空の上に上がると、ゆったりと安定した、穏やかな時間が待っていた。

飛行機に乗っているはずが、目を閉じて揺られていると、大きな竜のその背に乗っているような気持ちになったものだ。

いまもあのときの不思議な気持ちを思いだせる。一瞬だけ、ファンタジーの世界にいたような。地上を離れた旅だったから、よけいにそんな空想がたやすかったのかも。漫画やゲーム、本が好きな翔太郎には、束の間、主人公のような気分になれた空の旅だった。

ふと、思った。

（もし、俺が、小説やアニメにあるような、ファンタジーの世界に生まれていたなら、医者じゃなくて、勇者を目指していたのかも知れないな。正義の魔法使いとかさ。そして、ドラゴンの背に乗って、世界を救う旅をしたりして）

剣と魔法の世界に生まれていたら、きっとそちらを目指していたのだろう。――勇者や魔法使いを目指すには、それはそれで努力が必要で、体力やメンタル、運動神経を鍛えるのが大変だったような気がするけれど。

子どもの頃に亡くなった父親に、もう少し、賢《かしこ》さや精神力の強さが似ていたら、こんな苦労はしなかったんだろうか――つい思ってしまう。

そのひとは大手の家電関係の企業に勤めていたエンジニア。卒業した大学では素粒子《そりゅうし》物理の研究をしていたというバリバリの理系のひとで、畑違いの職種に就いた後も、半ば趣味のように、宇宙の果てについての本や論文を読んだり、楽しそうに考察したりしていたそうだ。

本社勤務だったので、父の生前は、家族で都会に住んでいた。父の死後、母は幼い翔太郎を連れて、九州の母の田舎に引っ越したけれど、かつての父や母の友人知己《ちき》は都会に多い。いま翔太郎が都会の予備校に通っているのは、そんな縁があるせいでもある。

母が懐かしんでいうには、亡き父というひとはロマンチストで理想家で、ひとを愛し、愛されるひとで、だからこそ、家電開発の世界に足を踏み入れたのだという。――だから、好きになったのよ、と母はのろけたりもした。

たとえば、小さい頃の翔太郎を抱っこしながら、父はこんなことをいっていたそうだ。

「ぼくは、科学技術は魔法みたいなものだと思ってる。人間を幸せにするために、神様が与えてくれた、魔法の力っていうのかな。その中でも家電の技術というのは、ひとの暮らしを幸せにするための、あたたかでささやかな魔法、みたいな感じがしてさ、ぼくはとりわけ好きなんだ。世界の片隅で、この子やきみや、世界中のいろんな家の子どもたちが、家族が幸せになれるような、そんな魔法を開発する、ぼくはそういうささやかな魔法使いになりたいんだ。

そうして、世界中の家族を笑顔にしてさ、みんなに幸せな一日を送ってもらうことで、いつかこの世界全体が幸せになってくれるんじゃないか――争いも貧しさも、どんな不幸もない、そんな世界にアップデートしてくれるんじゃないか、ぼくはそんな夢を見ているんだよ」

生前の父親は、根っから仕事が好きなひとで、寝食を忘れて働き、家にいるときは勉強をするものだから、結局それが祟《たた》ったように、ある朝に亡くなってしまった。書斎で仕事の資料を徹夜で読みふけったあと、読みかけの本に顔を伏せて、そのまま亡くなっていたとか。

(その勉強好きなところと、集中力に遺伝して欲しかったな)

翔太郎が小さい頃に亡くなったひとなので、寂しいけれどあまりはっきりと記憶は残っていない。けれど、残された写真や動画を見ると、おっとりとした笑顔やまなざしは、自分とよく似ているようだった。

実際、母には何度もそういわれてきた。優しくて穏やかで、小さい頃の翔太郎に身をかがめて目を合わせ、ゆっくり話しかけてくれていたような、そんな父親だったらしい。

「いつか、大きくなった翔太郎と、宇宙の果てはどうなっているのかとか、そんな話をしたいなあ」

口癖《くちぐせ》のようにいっていたとか。

「この子が大きくなる頃は、一般人も宇宙旅行できるようになっているかな。そしたら、一緒に行きたいんだけどなあ」

なんて話もして、膝の上に乗せた幼い翔太郎の頭をなでていたとか。

翔太郎にはそんな記憶は残っていないけれど、母に何度も聞かされていたので、頭をなでる優しい手の感触や、抱いていてくれたそのひとの体温を、幻《まぼろし》のように思いだせるような気がしていた。

自分の医師になりたいという願いの、そのどこかに、生きていた父親と会って話してみたかった、そんな想いもあるのだろうと思う。

母に書斎で見つけられたとき、父はすでに亡くなっていたので、医療の力で救われることはなかったのだけれど、心のどこかで、何かタイミングが違っていたら、たとえばもっと早く、生前に母が父のからだの異常に気付いていれば、医学によって父は救われたかも知れない、という想いがある。自分が医師になれば、父親の記憶がない寂しい子どもの数を少しでも減らすことができるのかも知れないという想いもある。

医師になれば、未来を良い方向に変える力が与えられるかも知れない。

そんな気持ちが胸の奥に、ゆるりと水が湧くように、いつのまにか存在していたのに気づいていた。

（魔法みたいなものなのかもなあ）

亡き父が、科学技術と家電を通して、世界を幸せにする魔法を使うことを考えたように、自分は医師になることで、同じ魔法を使いたいと憧れているのだろう。

魔法使いになりたいのだ、きっと。


福岡行きの便の出発は、どうもかなり遅くなるようだった。この嵐が過ぎ去るまでは、飛行機も飛び立ちようがないらしい。

他の便も同様の有様らしく、フロアに集まっていた旅人たちは、搭乗する予定の便を今日の遅い便や明日に振り替えたり、連れと相談を始めたり、電話の向こうの誰かに連絡をしたりと、ひときわざわめきが大きくなった。

翔太郎も、スマホで、福岡の母に飛行機が遅れそうだとメッセージを送った。

ついでに天気予報と航空会社のサイトをチェックすると、これは下手したら今日は福岡に帰れないかも知れないようだ。

「うわあ」

しまったなあ、時間のロスが――。

頭を抱えて苦悩していたら、母からメッセージが届いた。

『いま空港内のホテルに一室とったから、飛行機は明日に振り替えなさい。無理せず、ゆっくり帰っておいで』

こんなとき、ターミナルにいるひとびとがホテルの部屋を押さえようとするので、迷っている間に、空室はなくなってしまうものらしい。さすがに世慣れた母は判断が速かった。

(――っていうか)

英単語で頭がいっぱいで、そんなこと考える余裕もなかった。

「だめだなあ、俺」

アクシデントに弱いし、判断力もないのだと思う。――こんなことで、立派な魔法使い、もとい医師になれるのだろうか。

砂時計の砂がさらさらと落ちてゆくように、時間が無駄に過ぎ去っていってしまうのを感じる。

けれど、疲れのせいもあって、翔太郎はターミナルのビルの中で、吹き荒れる嵐の音を聞きながら、ただぼんやりと座り込んでいた。

(あがいたり、焦ったりするのも、気力と体力がいるものなんだなあ)

出発階に集まっていたひとびとも、それぞれに行き先を決めたものか、三々五々どこかに流れていって、さっきよりはいくらか人混みが解消してきていた。

飛行機の便の振り替えは済ませた。ホテルにチェックインして、部屋に行かなければ、と思うけれど、からだが重くて、なんとなくだらだらと、航空会社のカウンターの前のソファに座ったままになっていた。

「——ああ、だめだ。チェックインして、何かお腹に入れて、少しでも勉強しないと」

気がつくとじきに昼だ。食事は安く上げるなら、空弁のお店やコンビニで、おにぎりやお弁当を買って部屋で食べればいいだろう。ホテルの中にもレストランはあるし、ターミナルの中にも、和洋中華のお店が色々あるけれど、翔太郎にはややハードルが高い。いまの後ろ向きな気分だと、そんな気分にはなれそうになかった。

「だけど、せめて、何か買いに行かなきゃ……」

いまいち食欲もなく、食べたいものが浮かばないけれど。

「何も食べないと、脳に悪いよなあ……」

明日のために、何か食べねば。——どこか悲愴な想いで膝に力を入れて立ち上がろうとしたとき——。

「あ、ここにいたのか」

柔らかい、どこか懐かしい声が、すぐそばで聞こえた。話しかけられたというより、独り言のような、小さな声だった。

え、と顔を上げると、年の頃は、四十代の終わりくらいだろうか、髪にわずかに白髪の気配のあるような、おっとりとした感じの男のひとが、笑みを浮かべている。

きちんとスーツを着て、腕に春物のコートを掛けて、翔太郎の方に、わずかに身をかがめるようにして、そこにいた。足下には車輪のついた大きなトランク。その上に鞄。仕事の旅の途中なのだろうか。高級そうで、使い慣れたもののように見えた。

なぜだろう、眼鏡の奥の目が、わずかに涙ぐんでいるようにも見えた。

「――えっと、その、俺は……」

誰かと間違えているのかな、と思った。

だけど、はっきりとそういわなかったのは、翔太郎自身が、目の前のこのひとを知っているような気持ちになったからだった。

（――知らないひとだよなあ？）

こんな年格好で、こんな雰囲気で、今日、この空港で自分に話しかけてくるような知り合いはいなかったと思う。

そのはずなのに、なぜだろう、心の奥がざわめくように、懐かしさがこみ上げてくる。

長いこと会っていなかった誰かに、久しぶりに巡り合えたような――。

錯覚《さっかく》だろうか。疲れているから、そう思うのだろうか。

ああそうか。思い当たった。

亡くなった父親に面影《おもかげ》が似ているのだ。写真や動画に残っているそのひとの姿が、そのまま年を経て、いまここにいるとするならば、こんなひとになるだろう、と想像できる姿に、そのひとはたしかに似ていたのだった。

翔太郎は、そのことに気付くと、さすがに動揺したけれど、すぐに打ち消した。奇跡や魔法でもない限り、そんなことがあるはずがない。ここは現実世界の、空港なのだ。

(あ、もしかして、お父さんの知り合いとか?)

だから雰囲気が似ているとか?

とにかく、亡くなった父親が生きていれば、これくらいの年格好になっているはずなのだ。出身大学が同じとか、同じ会社にいたひとで、仲が良ければ似てくるとかありえそうじゃないか? そして父親と同じ職種なら、出張その他で飛行機の移動に慣れていて、ふらりと空港にいるというのもありえそうで——。

(いや、だけど、もしそういうことだとしても、どうして、今日この日、この空港のロビーにいる俺に気づき、話しかけてくるなんて、超能力者みたいなことができるんだろう?)

待ち合わせしていたわけでもないのに。

なにしろ、このひと自身、旅の途中のようなのだ。旅人同士、空港で出会うなんて、なかなかに難しいことのような気がする。

（やっぱり、人違いなんじゃ――）

小さく首をかしげたとき、目の前のひとが柔和《にゅうわ》な笑顔のままで、「いや失敬」といった。

「ちょっと人違いをしてしまったようで。長旅の後で疲れていたのと――長く探していた相手にとても似ていたもので。

驚かせてしまったかな。ごめんなさい」

「長く探していた……？」

「正確にいうと、『長く探していたように思っていた』相手と見間違えてしまった、という感じかな。

会えるはずのない相手なので」

少し寂しげに、そのひとは笑う。

「――会えるはずのない、といいますと」

そのひとは息をつき、深い声でいった。

「亡くした息子をね、探してしまうんだ」

「…………」

「もうずっと昔、子どもの頃に亡くしたので、こんなところで会えるはずもないんだ。でもね、つい、人混みの中で、探してしまう癖があって。あの子が成長していたら、こんな感じになっているかな、とかね」

ははは、とそのひとは笑う。急にこんな話を聞かされて、もしかしたら気持ち悪いよね、と付け加える。

軽く会釈《えしゃく》して、立ち去ろうとした。

翔太郎は、腰を浮かせて、つい声をかけ、呼び止めた。

「そんなことないです。だって――俺も、いやぼくも、昔、父を亡くしていて――その、話しかけられたとき、懐かしくて、父に話しかけられたように思いました」

そのひとは立ち止まり、そして、ゆっくりと、翔太郎のそばまで、戻ってきた。

少しだけ、照れたような微笑みを浮かべて。


父に似たひとは、コーヒーショップでコーヒーを買ってきてくれた。出発階のソファにふたり並んで、湯気のたつコーヒーを飲む。

てのひらの中のその熱さと香り高さの効能なのか、気持ちがゆるゆるとほどけてきて、翔太郎はぽつぽつといまの気持ちを口にしていた。

子どもの頃から、魔法使いに憧れるような気持ちで、医師になりたかったこと。けれど頑張っても思ったほど成績が伸びないこと。精神的に弱いので、いまひとつ実力が発揮できないこと。それで焦ってしまうこと。こんな自分が、医療従事者を夢見るのは分不相応なのではないかと思ってしまう、ということ。

「小さい頃に亡くなった父が、バリバリの優秀な理系のひとで、精神的にも強いひとだったみたいなので、もっと似れば良かったな、なんてつい思ってしまったりもします」

翔太郎は目を伏せて、少し笑う。「ぼくみたいな弱い、特に優れたところもない人間が、世界を少しでも幸せにしたいとか、誰かをこの手で救いたいとか、そんなヒーローに憧れるような、物語の中の登場人物になろうとするような、大それた夢を見ちゃいけないんじゃないかな、ってつい思ったりもして。

——そろそろ、夢から覚める頃合いかな、とか」

けれど翔太郎には他に見たい夢も就きたい仕事もないのだ。

父に似たひとは、口元に柔らかい笑みを浮かべてコーヒーを静かに啜《すす》り、翔太郎の言葉に耳を傾けているようだった。

やがて、一言こういった。

「もし、ぼくがきみの父親なら、夢を諦めなくて良いよ、といったと思う。人生、自分に力がないように思えることも、ひとりきりで険しい道を旅しているように思えるときも、往々にしてあるけれど、その先に素晴らしい風景が広がっていることも、実はね、よくあるものなんだよ。辛い旅をやめて、憧れていた世界に背を向けて、楽な道行きを模索するのも、それはもちろんきみの自由だけれど、あと少し頑張れば、きみを待っている、世にも美しい世界が、そこにあるかも知れない」

翔太郎はうつむき、緩《ゆる》く首を横に振る。

父に似たひとが、笑みを含んだ優しい声でいった。どこか楽しそうにも聞こえる声で。

「まあ、そうだよね。こんなこと、通りすがりのおとなからいわれても、何言ってるんだろう、わかったようなことをいって、としか思えないだろうね。ぼくもきみの立場なら、そう思うだろうと思うよ」

それからそのひとは口元に笑みを浮かべたまま、しばし何事か思索にふけり、やがて、思いも寄らないことを訊いてきた。

「きみは――翔太郎くんは、ぼくの職業は何だと思うかい?」

翔太郎は、質問の意味が最初わからなくて、けれどやがて、ああ、なるほど、と思った。きっといまの職業に就くまでの自分の若い頃からの軌跡を語ってくれるつもりなのだろう。それはきっと苦労話で、山あり谷あり試練も苦悩もあるような、そんな話に違いない。いつもなら、そんな話、面倒に思うかも知れない。けれど、いまは、この亡き父に似たひとが語る言葉なら、聞いてみたいと思った。

「──ええと、エンジニア、とかでしょうか？　うちの父と感じが似ていらっしゃるので」

「感じが似ている、というのは良い線行っているかも知れないね。ある意味技術者なのは大当たりだし。ただ、もっと意外なものだよ。たぶん、この世界に生きる、きみにはね」

楽しげにそのひとは笑う。

「実はぼくはね──魔法使いなんだ」

さらりとその言葉を口にした。

とても自然にそういったので、一瞬、翔太郎は自分が何か聞き間違えたのかと思った。

けれど、そのひとはそのまま話を続けたのだ。

「ぼくは、魔法を使うことができる。職業が魔法使いなんだ。つまりぼくはね、そういう職種がある世界から来た旅人なんだ。──いまから話すことは、話半分に聞いてくれていい。お伽話みたいなものを聞いたと思ってくれても。きっときみには信じがたいような、夢物語のような内容だと思うからね」

大きな窓の外は嵐。昼なお薄暗いその空港のターミナルのフロアで、そして翔太郎は、不思議な物語を聞いたのだった。

「『パラレルワールド』という言葉を知っているかい？　ぼくらは普通、ひとつの世界、ひとつの歴史だけを生きることになっている。けれど歴史には無数の、『あり得たかも知れない世界』があって、この宇宙の中で幾多の未来が重なり合うようにして存在している。翔太郎くん、君が生きているこの世界は、科学が進んでいて、ひとは科学技術を使いこなし、その恩恵を受けて暮らしている。たとえばこの大きな空港には、機械仕掛けの大きな鳥のような乗り物が——飛行機がたくさんあり、空を行き交っているよね。同じようにぼくが暮らす世界では、魔法の研究が進んでいて、ひとは魔法の呪文で空を飛ぶんだ」

「魔法の呪文で……？」

このひとはなんということをいうのだろうと思った。お伽話というよりも、ラノベやSF小説、子どもの本にありそうなお話だ。

でもそういう話を翔太郎は嫌いではなかった。懐かしい響きの声を聞いているのも楽しかった。声の調子が優しいからなのだろうか、小さな子どもが絵本を読み聞かせてもらっているような、いつか、そんな気分になっていた。

すらすらと話し慣れているみたいだし、もしかしたらこのひとは、作家とかそういう、物語を書くような仕事をしているのだろうかと思った。

にこやかにそのひとは話し続ける。

「それから、ぼくらの世界には本物の竜がいるから、竜に乗って旅するひとびともいる」

それは素敵だな、と思った。

その世界では、たとえば空港には巨大なドラゴンが並んで、乗り手が来るのを待っていたりするのだろうか。可愛い情景だと思う。

「あの、あなたはものを書くようなお仕事をなさっているのですか？」

ずばり訊ねてみた。

するとそのひとは、笑みをたたえた、けれど真面目な表情で首を横に振り、

「いやいやぼくは、一介の魔法使い——翔太郎くんの世界でいう、〈技術者〉のひとりさ。家庭で使うための、生活を豊かにする呪文の研究をしている。それを販売し、普及する会社に勤めているんだ。美味しい料理を作ったり、部屋に明るい灯《ひ》を灯したり、部屋の空気を清浄にしたりするような魔法の呪文を作ってる」

「それは、ええと、ぼくの父が家電の開発をしていたようなものでしょうか？」

「きっとそうじゃないかな。親しみを感じるね」

そのひとは、うんうんとうなずく。

「若い頃から、ずっとこの仕事をしていたのだけれど、ぼくは時の流れや宇宙の広さについての研究をするのも好きで、そんな魔法の研究も趣味で続けていたんだ。

仕事にも家庭にも恵まれて、とても幸せに暮らしていたのだけれど、あるとき、ひとり息子が亡くなってしまってね。まだ小さかった。生まれつきからだが弱くてね。大切にしていたんだけど、死なれてしまって」

「…………」

「立ち直れなかったよ。そんなこと、できるものじゃない。きっと誰にもできやしない。

それでぼくはね、考えたんだ。——パラレルワールド、並行世界の中には、息子が死なず、元気で成長している未来が存在する世界もあるかも知れない。それなら、その姿をひとめ見てみたい、と。

幼い息子に死なれて何が悲しいって、その姿がかき消されたように目の前からいなくなったことだったんだ。存在が消えたことだったんだ。もう一度、あの姿を、笑顔を見たい。声を聞きたい。幼い姿のままではなく、成長してゆく姿を、この目で見たい、と。

できればふれたかった。この手で抱きしめ、頭をなでてやりたいと、ほんとうはそこまで願ったけれど——本来は、他の宇宙の存在にそこまでしてはいけない。いけないと思った。だからただ、違う宇宙に生きる息子の、その姿だけをそっとうかがうことを夢見て、ひとりで並行世界を渡る魔法の研究を始めたんだ。

長い時間がかかってね。やっとできた」

少しだけ潤んだ瞳で、そのひとは翔太郎をじっと見つめた。深い慈しみがそのまなざしには溢れていた。

「――それって、あの、まさか？」

「そう。ズバリきみのことだよ。いろんな宇宙を渡ったけれど、実をいうと、きみ以外のきみは、健康と運に恵まれず、こんなに大きく成長し、元気なのは、ぼくが知る限りでは、この宇宙にいる、きみだけだったんだよ。

だからね、きみに会えて、嬉しかったんだ」

どう反応したら良いのかわからなくて、翔太郎はへらへらと笑った。

そのひとは言葉を続けた。

「それでね、ぼくは実はこの後きみがどんな風に生き、どんな風な人生を辿るか知っているんだけど――聞きたいかい？」

「え？」

「時を渡る魔法を使って、この宇宙に生きる翔太郎くん、きみの未来を確認したんだ。勝手に見てしまってすまない。この先も、ずっと元気に、幸せでいてくれると嬉しいな、とつい思ってしまってね」

優しい、限りなく優しい表情で、そのひとはそういった。

「えっと、聞きたいです」

お伽話に決まっている。優しい作り話なのだ——自分にそういい聞かせながらも、翔太郎はどこかで、ほんとうの話を聞いているような、そんな気持ちになっていた。

航空会社のカウンターの前にあるソファで、旅人が周囲を行き交う、そんなリアルの情景の中で、それにまるでそぐわない、子ども向けの童話のような、不思議な言葉の数々を、信じたくなっていた。

(ああ、きっと、この声のせいだ——)

そして、隣に座っている、そのからだのぬくもりのせいだと思う。かすかな煙草の匂いのせいかも。

(お父さんの、声とぬくもりなんだ)

だから、受け入れたくなるのだろう。

信じたく、なるのだろう。

もしこのひとのお伽話がほんとうならば、このひとは、違う世界に於《お》ける、翔太郎の父親なのだ。若き日に死なずに、そのまま生きて、年を重ねたお父さん。

ただその世界では、そのひとは家電を開発するエンジニアではなく、家庭用の魔法を研究する魔法使いのひとりで。

(そしてその世界には、俺はいないんだ)

その世界の翔太郎は、幼い頃に死んでしまっていて、成長できなかったから。

けれど、この世界の翔太郎は、そのひとの声とぬくもりをこうして覚えている。自分の世界の、亡き父親のそれをかすかに覚えていたから。

だから、「再会」が嬉しかったのだ。

無意識が、懐かしいと思ったのだ。

(そんなことあるわけないと思うけれど――)

理性は、ありえないとささやくけれど。

翔太郎は、この奇跡を信じたいと思った。

「――それで、ぼくは、どんな未来を生きることになっているんですか、『お父さん』?」

そのひとは、その言葉を耳にした後、翔太郎を見つめた。

しばし言葉もなく、見つめていた。

そして、うつむいて、涙をこらえるようにすると、少しだけ笑っていった。

「きみはこのあと、二度の浪人を経て、見事、希望の医学部に入学する」

「えっ」

翔太郎は思わず声を上げる。

「二度……二度、ですか。ぼく、まだ浪人を繰り返さないといけないんですか？」

「ああ、すまないねえ」

「いや、『お父さん』が謝らなくちゃいけないことではないんですけど……」

翔太郎は苦笑しつつ、やはりため息をつく。浪人の日々はまだ続くのか。

「だけどね、翔太郎くん、代わりといってはなんだけど、きみは浪人生活を重ねたことをきっかけに、進路をさらに難しい医学部に変えるんだ。そしてそこで生涯の師に出会い、希望通りに小児科医としての人生を歩むことになる。そして――この国の片隅で、多くの子どもたちの怪我や病を癒やし、命を救い、たくさんの家族に尊敬され、感謝されて、やがて惜しまれつつ、その長い生涯を終えるんだ。

日々こつこつと子どもたちを救い、その健康を守り、研究と勉強を重ね、町の片隅で生きてゆく。けっして派手な人生ではないけれど、充実した生涯を送ることになるんだよ。何よりも大切なのは、この世界のきみはとても幸せな日々を生きるということだ。きみは心から愛するひとと出会い、結ばれ、可愛い子どもたちとあたたかな家で暮らす――そんな未来がこの先に待っているんだよ」

翔太郎は、じんわりと幸せな気分になって、そのひとの言葉を噛みしめた。

「ぼくは、小児科医になるんですね」

いまも漠然とその道は心にあったけれど、こうして言葉で耳にすると、それは自分の進路として、とてもしっくりと馴染んだ。――けれど。

「ええと、ただ、その未来だと、正直、そのう、わりと地味というか、世界の平和に関わるとか、紛争の地でひとびとの命を守るために戦うとか、そういうヒーローのような生き方は、できない感じなのでしょうか?」

それはそれでいいとは思った。

けれど、ほんの少しだけ、物足りないように思ったとき、そのひとが微笑んでいった。

「小児科医としてのきみが命を助けた子どものひとりは、成長後、外交官になる。そして、とある国同士の争いの中に立ち、日本の外交官として、立派にその場で両者に交渉し、わずかな間ではあっても、二国間に平和な時間を取り戻すんだ。恒久的な平和でなくても、そのわずかな時間に、紛争の地から避難することができ、救われた命は多かった。そしてそのわずかな平和の時間の記憶がいわば寄りどころになり、少しだけ遠い未来に、二国間の戦争は終わるんだ。

それから、同じくきみが救った子どものうちのひとりは、成長後立派な画家になった。彼女は主に海外で活躍し、不幸にも若くして命を落としたが、彼女の残した一枚の、愛と平和を願う美しい絵は、この世界を襲う混乱と不幸の日々の中で、たくさんのひとびとの心を癒やし、生きる力になった。

それから、これは世界的に有名とまではいえない話だけれど、美味しいお菓子や料理を作る店を経営することによって、町のひとびとを笑顔にした料理人がいる。彼は、そうして得た売り上げを必要な場所に寄付することによって、多くのひとを幸せにした。この彼もまた、未来のきみが、その命を救った子どものひとりが、成長した姿なんだよ」

違う世界に生きる「お父さん」は、優しい笑みを浮かべ、優しい声で、翔太郎にいった。

「きみは、その道を進んで良いんだ。多少苦労はするかも知れないけれど、夢見たとおりの未来を進んで良いんだよ。翔太郎くん、きみが生きる――夢を叶えて、生きてゆくことは、多くのひとを救い、世界を幸せにする。それは時として、きみ自身が気付かないところで――きみ自身の生涯が終わってからのはるかな未来のことになるかも知れないけれど、地に蒔《ま》かれた花の種が芽吹き、咲くように、きみが地上に蒔いた幸せの魔法の種は、いつかきっと、世界を幸せにするんだよ」

そのひととは、わりとあっさりと別れた。

コーヒーを飲み干し、話を終えると、

「それじゃあね」

と、そのひとは、片方の手を上げ、笑顔を見せて、トランクを押して、どこへともなく姿を消していったのだ。

「元気で。幸せに」

最後に、そんな言葉が耳に届いた。

いまだいくらかは混雑している空港の、その人波の中に紛れるようにして、そのひとは、すうっと、いなくなってしまった。


しばらくの間、ぼんやりとソファに腰掛けていた翔太郎は、やがて、ゆっくりと立ち上がった。

束の間の夢を見ていたような、そんな気持ちになっていた。

わずかに急ぎ足になって、ターミナルの中を、そのひとの姿を捜して、歩いていた。

人波の中を行き、エスカレーターを降り、そして上り。

「――『お父さん』」

その言葉を呟き、それが自分の耳に届くと、不意に涙が一筋流れて、慌ててうつむいて、涙を手の甲で拭った。

そのひとは――いまのあのひとが幻でなかったのなら、そのひとは、来た世界に帰っていったのだろうかと思った。

魔法使いとして生きる世界、魔法の呪文やドラゴンの存在が日常の世界、翔太郎のいない世界に。そして、これからのあのひとは、違う宇宙で暮らす我が子が立派な医師になる、その未来を想い、胸に抱いて生きてゆくのだろうか。

「『お父さん』、あっちの世界のお母さんに、この世界のぼくの話をしたりするのかな」

翔太郎のいない世界で、両親の会話の中で、翔太郎のこれからの未来は語られるようになるのだろうか。

それはちょっとほのぼのとする、楽しい想像のような気がした。

そして、翔太郎の心の中にも、ずっとあの「お父さん」の声と笑顔が残り続けるのだろうと思った。

予言者のように語ってくれた幸せな未来の出来事が、この先も翔太郎を力づけ、未来を照らす明かりになる――そんな予感がした。

いまはもうそばにいなくとも、そのひとの声とぬくもりと、そしてまなざしは失われず、ずっとそばにあるのだと思った。

「――レストランで何か食べようかな」

気がつくと、昼ご飯はまだなのだ。とりあえず何かお腹に入れて、ホテルの部屋に行こうかと思った。ベッドに寝転がって英単語でも覚えよう。

エスカレーターを上り、食堂街のカジュアルなイタリア料理のお店に入った。店の入り口に飾ってある料理の見本を眺め、ここならまあ、そこまで値段も高くはないんじゃないかな、と迷いつつ。

明るい音楽が流れ、元気な声で店のひとが挨拶をしてくれる。店内はほどよい感じに混んでいるようだった。

ふわりとガーリックオイルのよい香りが漂ってきて、お腹が鳴った。翔太郎は自分が空腹だったことに、今更のように気付いた。

案内されたテーブルはふたりがけの窓際の席で、大きな窓から、滑走路が見えた。この時期らしい菜の花のパスタがあったのでそれと、飲み物にはジンジャーエールを頼んで、翔太郎は窓の外に視線を向けた。

雨に濡れた飛行機たちが、駐機場に並んでいる。垂れこめる雨雲の下で、飛び立つそのときを静かに待っているようだった。

嵐が吹き荒れる窓の外で、飛行機たちの真上に、突如としてひときわ大きな雷が稲光を輝かせた。

突然の雷鳴の、前触れのない轟音《ごうおん》と震動に、店内や、建物のあちこちから、驚いたような声や悲鳴が上がる。

そのときだった。

まばゆく照らされた滑走路に、一頭の、白く巨大なドラゴンが浮かび上がった。

たしかにその姿を、翔太郎は見たと思った。


大きな翼を持つドラゴンは、遠い日のジャンボジェット機のように巨大に見えた。稲光を受けてまばゆく輝きながら、雷鳴のような、響く音で咆哮し、広げた両の翼で滑走路を打つと、嵐の空へと舞い上がった。

見る間に雨風に紛れ、消えていく、その背中に、春物のコートをまとった黒い人影を――わずかの間、父と呼んだそのひとの姿を見たような気がした。

ちらりとこちらを振り返り、手を振ったように思えたのは――錯覚だろうか。

窓の外に雨は降りしきる。

風も轟々と、ターミナルの窓を揺らす。

イタリア料理の店の中には、明るい音楽が流れ、料理の良い匂いがして、何も知らない他の旅人たちは、それぞれのテーブルで、いまの雷はすごかったね、と会話をし、遅れた飛行機はいつ空を飛ぶのだろうかと、案じている。

翔太郎はひとり、窓の外の濡れた飛行機の一群を眺めながら、口元に笑みを浮かべている。

どこか違う宇宙、違う世界で、優しい魔法を研究する「お父さん」が、その世界で幸せであればいい、幸せでいてください、と祈りつつ。

「――最後に、俺もその一言がいえればよかったなあ」

ありがとう、の一言もいえればよかった。

ほんとうの父親にはいえなかった言葉を、いいそびれてしまったのだな、と今更のように気付きながら、あのひとなら、「いいよ」「そんなこと気にしなくていいよ」と、笑顔でいってくれそうな気もしていた。

濡れた窓ガラスに映る自分の、少し涙ぐんだ笑顔に、よく似たそのひとの面影を認めながら、翔太郎は、そっとうなずくのだった。

第四話

屋上の神様

梅雨《つゆ》時の夕刻。モノレールにのんびりと揺られて、今日子《きょうこ》は空港の地下にある駅に着いた。

よっこらしょ、とホームに降り立つ。普段乗らないので、モノレールから降りる、それだけのことにも、ちょっとだけ勇気が要る。ホームとモノレールの隙間《すきま》に落ちそうで。

(からだも重いしねえ)

若い頃から、小太りで足が短かった上に、年をとるごとに、お腹周りが丸くなった。それといまは、体調もよくないせいで、気分も晴れず、たぶんそのせいもあって足が重いのだろうなあ、と思う。

「三日も仕事、休んじゃってるしなあ。からだがなまってもいるんだよ」

仕事が好きすぎて、気がつくと、有給休暇を長いこと取っていなかった。

「ちょうどいいから、しばらく休みなさい。いまの時期は、正直そこまで忙しくないし」

と、社長さんにいわれて、実際に体調も良くなかったし、とりあえず四日間だけ、休むことにした。中途半端な日数に迷いが表れていると自分でも思う。社長さんからは、「いっそ一週間くらい休んでもいいぞ」と、いわれたのを、「いやいや、とんでもないです」と、電話ごしに手と首を振って断ったのだ。

気づけばもう二十数年にもなるけれど、そんなに長い休みなんて、社会人になってから、取ったことがなかった。一日二日の休みならともかく、長く休んでもすることがないし、からだが腐ってしまいそうな気がした。

空港の駅には、たくさんのひとが行き交っていた。平日の夕方なのに、駅で降り立つひとも、ここからどこかへ向かうひとも多いものだなあ、と思う。

空港のターミナルの中に入ったことは、数えるほどしかないので、一歩歩くごとに途方に暮れる。こりゃまた広い空間だと思う。

「ええと、待ち合わせは屋上《おくじょう》の……展望デッキだったよね。屋上は——はて、どこから上がるんだったかな?」

この空港の屋上には、子どもの頃に何度か来たことがある。展望デッキで飛行機を見上げたことも。けれど、ずいぶん昔の話だし——このターミナルのビルは何度も改装し、広くもなったのじゃなかったっけ、と思う。いつだったか、たしか新聞で読んだ記憶がある。

とりあえず、上に上がらないと、エスカレーターかエレベーターを探さないとな、と、辺りを見回しながら歩く。

「ほんっとに広いなあ、この建物は」

ついひとりごちてしまう。もうおとなで、いい年なのに、迷子になりそうな予感がして、背中がひやりと冷える。実際には、今日子は方向感覚がいいのだから、落ち着いて考えればまず迷子になんてならないはずだけれど。

それにしても、この空港のターミナルビルにこんな風に私用で来るのは、いったいどれくらいぶりだろうか。妹の明日香《あすか》と違って、飛行機に乗る機会などほとんどなかったなあ、と今更のように今日までの半生を振り返る。

ずっと忙しかったせいもあってか、空の旅に憧《あこが》れたこともなかった。飛行機でなければ行けないほどの遠方への旅行は、日にちもかかる。そんなに長い休みは取りたくなかったし、取りづらい職種についてもいた。もうひとついうと、この空港には、子どもの頃のほろ苦い想い出がある。切なくて心の奥がいまもかすかに痛むような記憶のかけらが。それもあって積極的に足を運ぼうと思う場所ではなくなっていたかも知れない。

明日香の方は、学生時代から、国内外に自由に羽ばたいていた。そうして、絵葉書やら手紙やら、最近ではメールにメッセージにと、旅先から送ってくる。お土産《みやげ》も欠かさない。

社会人になった後も、結婚した後も、時間があればどこかに飛んでいる。いまは家族も一緒だ。旅の全ては自分が仕切るのだという。小さい頃は泣き虫の寂しがり屋で、いつも、お姉ちゃんお姉ちゃん、と、ついてきて、何かあれば自分の背中に隠れていたのになあ、と思う。旅を仕事にした妹の勤め先は旅行代理店だ。

そういう訳で、妹の明日香には空港はたぶん慣れた場所で、楽しい思い出の方がきっと多い場所、今夕の待ち合わせの場所をこの空港に指定してきたのも、明日香だった。いろんなレストランがあるから、どこかで美味《おい》しいものでも食べながら話をしよう、ということになった。電話越しの声はいつもと同じにてきぱきとしていた。

『お姉ちゃんのうちからはモノレールで来るとすぐだから、いいよね？』

空港は、今日子の家にも、明日香の職場にも近かった。明日香は仕事を早めに切り上げて来るという。子どもの夕食は、もう大きいので本人が冷蔵庫の中のものでなんとかするだろうし、夫もそのうち帰宅するからいいの、ということだった。

会って話すなら、賑《にぎ》やかな場所がいいといったのは、今日子だった。明日香は最初は、実家である今日子の家に来たいといったけれど、今日子は断った。

「いま、家はすっごくちらかってるし、ふたりきりで話したら、暗くなって妙にしんみりしそうだから、どこか賑やかなところに行かない？　わたしも久しぶりに、外に出たいし。

どこかで食事でもしながら、どうかな」

古い仏壇《ぶつだん》の前で姉妹ふたりでうなだれて、しんみり話すなんて、耐えられないと思った。

食事はおごるよといったけれど、断られた。若い頃と違って、お金持ちなのだそうだ。

それは知っていたけれど、たまに忘れてしまう。

「ひとの運転は楽でいいよね」

久しぶりのモノレールは、窓の外の景色が綺麗《きれい》で、気がつくと子どものように夢中になっていた。夕焼けの赤色に染まって行く、広い空と海が美しく、見飽きなかった。何より、座席に身を任せていれば、魔法の絨毯《じゅうたん》のように目的地に連れて行ってもらえるというのがいい。運転の巧い下手も気にならない。これがバスやタクシーならこうはいかない。

(下手な運転はわかるし、気になっちゃうからね)

今日子はプロのドライバー。タクシーの運転をして長い。女性ドライバーとしては、自社では古株の方だった。

当然、自家用車も持ってはいて、元気な頃は休日というと、狭い庭で愛車を磨き上げていたものだけれど、最近はどうにも気が晴れず、カバーを掛けたまま、なかば放置したようになっている。この先を考えると、手放すことも考えはしたけれど、中古とはいえ気に入って買って、大切にしていた車だ。手元からなくなることを考えただけで、寂しくて無理だった。

ひとり暮らしの今日子にとって、たまの休日に愛車とともに自由な時間を過ごすのは、若い頃からのただひとつの息抜きであり、楽しみでもあった。綺麗な風景や、美味しい食事や、たくさんの思い出もある。日帰りの旅先で、親切なひとと出会い、友達になったこともある。愛車は無数の輝かしい思い出の相棒のようなものだった。

（その分、空路の旅へのライバル意識みたいなものもあったのかもねえ）

思い当たって、苦笑する。

思えば、この空港にも、お客様を乗せて、何回も来たものだ。ターミナルの前にお客様を降ろすだけで、いつもすぐに帰ったけれど。

いつも今日子は、運転しながら、ミラー越しにお客様の様子を見て、話すことがお好きそうなら、他愛もないお喋《しゃべ》りをしたり、お客様のお話に相づちを打ちながら、機嫌良くあれやこれやと聞きだしたりもする。話し上手で聞き上手。接客業は天職だと自分でも思っているし、まわりからもそういわれてもきた。

そんな中で、空港行きのお客様だと、旅行前の楽しげな雰囲気がうかがえる笑顔とともに、弾《はず》んだ声で、

「運転手さんは、どこかに旅行に行ったりすることもあるの？」

なんてよく訊《き》かれたものだ。

「飛行機でですか？」

「うん」

「そうですね。わたしはたぶん自動車が好きすぎるんでしょう。どんな遠くでもタクシーで行きたい、と思っちゃうんですよね。どんなたいそうな距離でも、自分で運転すれば疲れないですし。実際、お客様のご希望で、遠くまで走らなきゃいけないことがたまにありますが、大歓迎ですよ。売り上げはもちろん嬉《うれ》しいですけど、それより長く走れることが嬉しくて、任せとけって感じになります」

「あー、なるほど」

「旅行好きに、空路派と陸路派があるとすればですね、わたしは断然陸路派ってことになるんでしょうね。――ああ、でも」

今日子は一言付け加える。

「わたしも子どもの頃は、飛行機に憧れて、空港の屋上から、飛行機を見上げたりしていたものですよ。浪漫《ろまん》がありますよね、空の旅は」

そんな風に今日子が返すと、大概のお客様は、後部座席で納得したようにうなずいて、こんな風に訊いてきたりする。

「いままでいちばん遠くまで走ったのは、どの辺までになるの？」

「ああ、それはですねえ……」

あの街にこの街に、と、今日子はゆったりと車を操りつつ、思い出話を語るのだ。

実のところ、道を急がず、かつ裕福なお客様は意外と多く、電車はおろか新幹線で移動するほどの距離なら、タクシーで行くことを考えるひともいる。そういったお客様になると、鷹揚《おうよう》で気持ちも優しく、途中の休憩で今日子にも食事をご馳走してくれたりもするのだ。長い距離を走ると、そのうちお客様は寝てしまうので、静かに運転できたりもして、今日子にとっては良い仕事だった。さして裕福というわけでないらしいお客様でも、運転が丁寧《ていねい》で安定している腕を買われて、長い距離を走ることもあった。女性ドライバーだからと安心されて、女性のお客様や、幼い子どもを連れたお客様を乗せてはるばると走ったことも多々。今日子は子どもを産み育てたことはないけれど、そんなときは、速度はもちろん、ブレーキをかけるのも気を遣い、少しでも車が揺れないよう、急な発進になって子どもをびっくりさせないようにと考えながら走ったものだ。

営業地区をこえてしまうと、帰りはお客様を乗せられないので、帰るためだけのひとりの運転になるけれど、それはそれでラジオを聴きながら、高速道路を飛ばして気楽に帰るのが楽しかった。

「――うん、楽しかったよね」

賑やかにひとが行き交う空港を歩きながら、どうにも気分が沈むのは、ここが慣れない場所だからなのか、あるいは黄昏時《たそがれ》が近いからなのか。ふだんはひとりでいることも、ひとりでの移動もまるで抵抗がないのに、今日はなぜだか、寂しく、心許《こころもと》ない気分になっていた。

「――制服、着てないからかな」

ふと思う。前を通り過ぎた店に大きな姿見が置いてあって、今日子が映っていた。着慣れないワンピースが、短い髪にまるで似合っていなかった。ずどんと出ている太い足は大根が二本並んでいるようだ。

「どうせ病気になるなら、もっとか細くなればいいのにね。足も、お腹も二の腕辺りもさ」

ついぼやきながら、今日子は苦笑した。

制服を着て、制帽をかぶっていない自分は、どこか他人のようだし、いまひとつもふたつも緩んでいて、気合いが入っていない気がする。背骨が通ってない感じに、ふにゃふにゃしている。

（気合い入れていかなきゃね）

軽く両手で頬を叩《たた》いた。通り過ぎるひとたちが、ぎょっとしたようにこちらに目を向ける。てへへ、と今日子は笑って、歩き始めた。

元気を出さなくてはいけない。少なくとも今日これからのひとときだけは。妹の前でだけは、笑顔で、しゃんとして、頼りになるお姉ちゃんでいたいのだ。――そのあと、静かな自宅に帰った後、ひとりお布団をかぶって泣くことになるかもしれないとしても。

(誰かの前では泣けないよね)

泣くのはひとりのときじゃなくてはだめだ、と、そっとうなずく。

でないと自分が情けなくなってしまう。


エスカレーターを見つけて、とりあえず上の階に上がっていたら、突然、腕のスマートウォッチが震えた。――妹からスマートフォンにLINEのメッセージが届いたようだ。

(何だろう?)

どうせすぐに会うのにな、と首をかしげる。

実は今日子は、機械がそう得意ではない。この今風の時計は、妹が去年、誕生日のプレゼントにくれたもので、まあたしかに、電話やメッセージの着信を教えてくれたり、天気予報がいつも見られたりと便利ではあるけれど、使いこなしているとはとてもいえなかった。そもそも、スマートフォンだって、全然使えていない。仕事で必要だから仕方なく持っているけれど、昔の携帯電話と変わらないくらいしか活用できていない。ちまたでみんなが使っているLINEなるものも、妹としかやりとりをしていない。妹が不便だからとアプリを入れて、設定してくれたので、流れで使っているだけだった。

タクシーに会社がつけてくれた高性能なナビだって、必要に迫られたときだけ、やっとな感じで使っている。ドライバーになって長いので、大抵の道は覚えていて、抜け道なんかにも詳しく、機械と衛星に頼らないで済むのでよかったと思っている。

着信は、ちょうど地階から上の階に上がりきろうとするところだった。最後の数段を、気持ち急ぎ目に上って、今日子は一階のフロアに上がった。

「ああ、そっか。ここが『到着階』なんだ」

飛行機から降りたひとたちが、タクシーやバスに乗るのは、この一階だ。いまも、ガラスのドアの向こうには、タクシーが走り、何台か停まってもいた。今日子はここでお客様を乗せたことはないけれど、知識としては知っている。

ひとの流れの中を横切るようにして、邪魔にならない方、壁際まで移動した。バッグからスマートフォンを取り出して、明日香からのメッセージを読む。

『ごめん、仕事でちょっとトラブルがあって、遅れそうなの。時間がかかりそうだから、よかったら先に晩ご飯を済ませておいて。お茶かお酒を飲みながら、お話ししよう』

ごめんなさい、と拝む猫のスタンプが添えてあった。

「えー」

今日子は唇を尖《とが》らせた。

(一緒にご飯を食べるの、楽しみにしてたのにな)

最近食欲がなかったのに、今日は妹と一緒だと思っていたからなのか、小腹が空《す》いてきてもいた。

「先に食べていてっていうことは、よほど遅くなる可能性があるってことかなあ」

明日香はお腹を空かせて駆けつけてくるのだろうか。

こういうとき、食べずに待っていると、「なんで食べなかったのよ」と怒られるような気がした。それに久しぶりに気持ちよく空腹の気配があるので、ここで食べないのも、勿《もっ》体《たい》ない気がする。——といっても、

「レストランでひとりで晩ご飯、か……」

それもよく知らない、空港のターミナルビルでだと思うと、少しだけ気乗りがしない。

「ええと、二階の出発階の辺りに上がると、レストランがあるんだったっけ……」

タクシードライバーなので、どこに何があるとか、そういう文字だけの知識ならある。

気乗りしないなあ、と思いつつ、とりあえずはエスカレーターで上の階に——二階に上ってみた。

上昇するごとに、光が溢《あふ》れる広々とした空間に、呑み込まれるような気分になった。ひらひらと曲線の多いデザインの建物だからだろうか、どこか竜宮城の中にいるようだった。光の海を泳いでいるようだ。海のそばにある空港だと思うから、そう連想するのだろうか。黄昏時の薄青い空が、ガラス張りの壁の向こうに見えて、それが海の中の情景のように思えるからかもしれない。

さて、二階に上がってきた。このフロアもまあ、広い広い。吹き抜けになった空間に並ぶ、航空会社のカウンターや、保安検査場への入り口を見下ろすように、テラスのように広がる三階が見える。ぐるりといろんなレストランが並んでいるようだった。

頭上にあるあの空間の他に、この同じ二階のどこかに、お土産物屋さんとレストランが並ぶコーナーもあったはずだ、と、今日子は記憶を辿《たど》った。そこか、上のどこかで夕食を取ればいいのだと考えると、嬉しいよりも面倒になってきた。今日子には、このターミナルは、とにかく広すぎるのだ。

平日だというのに、やっぱりここにもひとがたくさんいる。キャリーバッグを引いたり、リュックをしょったり、ひとりだったり家族連れだったり。今日子の知らないところで、日本ではたくさんのひとびとが、日夜、空を飛んで、どこかに移動していたらしかった。ガラスの扉の向こうに、お客様を降ろして走ってゆくタクシーが見える。いつもは今日子はあんな風に颯爽《さっそう》と通り過ぎる側。

(中はこんな風だったんだなあ)

子どもの頃の記憶だとこんなに賑わっていたかどうか定かではない。大昔の記憶だし。

いまひとつ気乗りしないまま、とりあえず自分も上に、あのテラスのような空間に上がる決心をしたとき、近くにお弁当やおにぎりを売っているお店があるのに気がついた。

「――お弁当買って、屋上で食べようかな」

そちらの方が、自分にはあっているような気がした。子どもの頃の記憶だけれど、屋上には、座ってお弁当が食べられる椅子やテーブルがあったような気もするし。梅雨時とはいえ、今日は雨降りの日でもない。むしろ、屋上にはいい風が吹いて心地いいかも。

「うん、そうしよう」

弾む足取りで、お店に向かう。

お弁当屋さんは、お店の中が一面お弁当だらけで、その様子が楽しげで、心が浮き立った。機内やターミナルで食べるためのお弁当が、たくさん集められ、並べられているのだ。

いろんなおにぎりに、カツサンド。すき焼き弁当に、肉巻きおにぎり。店いっぱいに、色とりどりのお弁当が並んでいる。小腹も空いてはいるし、あれこれと目移りする中、北陸の海産物がたっぷり詰まっている、豪華なものに目が留まった。

「北陸は長いこと行ってないものなあ」

胸の奥がちくりとする。子どもの頃に住んでいた、遠くの遠くの街だったのだ。タクシーで北陸に、とはまだいわれたことがない。だから、彼《か》の地に自分の運転で行ったことはなかった。車で行けば何日かかるだろうか、どう行けば快適に早く着くだろうか、と、脳内でつい考えてしまう。

ぶりの照り焼きがなんとも美味しそうで、よし、ちょっと高いけど、これにしよう、と思ったとき――近くにあった、比べると小さく地味に見えるお弁当が目についた。

「――おいなりさんだ」

たちまち、子どもの頃の記憶が蘇《よみがえ》る。

「子どもの頃も、おいなりさん買って、屋上に上がってたなあ」

妹とふたりで。そして、遠い北陸にいる、母のことを思った。

今日子の母は看護師だった。亡き父を昔に看取った病院でずっと働いていた。父はタクシードライバーで、今日子と明日香が小さい頃に病気で亡くなってしまった。心臓の病だった。母は今日子と明日香を、関東に住む自分の母に預けて、一心に働いた。

母は時折、飛行機に乗って会いに来てくれたけれど、すぐに北陸に帰っていった。

今日子は明日香を連れて、そのたびに空港にお見送りに行った。展望デッキに上がって、母の乗った飛行機の姿を見送った。空に舞い上がり、遠ざかって小さくなる飛行機に妹と二人、いつまでも手を振った。

自分たちよりも、病院や患者さんを大事にしているように見えた母のことが、寂しくて恋しかったけれど、今日子は泣かなかった。

そばに小さな明日香がいたから、自分がちゃんとしていなくてはいけないと思ったし、母の仕事は大切なお仕事なのだと自慢に思っていたし、心のどこかで——母の気持ちがわかっていたのだと、いまは思う。

母は多分、亡くした連れ合いにしてあげられなかったことを代わりに誰かにしてあげたかったのだ。もう死んでしまったそのひとには何もしてあげることができないから。そして、連れ合いを亡くした自分がしてほしかったように、患者の家族に声をかけ、励まして、優しくしてあげたかったのだ。

それをするために、母は、今日子たち大切な我が子をぎゅっと抱きしめて、祖母に預け、ひとり北陸の病院に戻っていったのだと思う。

激務が祟《たた》ったのか、母は実際の年齢より早く年老い、駆け抜けるようにして亡くなってしまい、いまは父と一緒に墓とそして仏壇の中にいる。

子どもの頃に買ったいなり寿司は、いま目の前にあるお洒落《しゃれ》な包みのそれとは違い、もっとその辺のスーパーに置いてありそうな、素っ気ない感じのおいなりさんだったような気がする。いや、あの頃、一緒に売っていた、他のお弁当たちも、似たような感じの素朴《そぼく》なお弁当だったと思う。おにぎりがふたつに、お漬物が少し、赤いソーセージやコロッケが添えてあるような。

（そもそも、昔の空港には、こんなお弁当屋さんって、なかったような気がするなあ）

あの日のいなり寿司はたしか、売店かお土産物屋さんにあった、こぢんまりとしたお弁当コーナーで見つけたのだったと思う。

母の乗った飛行機を見送った後、何だか物寂しくなって、すぐには祖母の家に帰りたくなくて、ターミナルをふらふら歩いているうちに、いなり寿司を見つけたのだ。

祖母に育てられた今日子は、子どもの頃から、いなり寿司やお煮染めや、そういう昔懐かしい味が大好きだった。あの日はだから迷わず手に取ったのと——以前、祖母から聞かされた一言を思いだしたのだと思う。

「あの空港はね、近所にある大きなお稲荷《いなり》さんが守ってらっしゃるんだよ。だからね、空港の売店にいなり寿司を売ってるの。神様の好物だからだって」

お稲荷さんというもののことを、今日子はよく知らなかったけれど、その名前の神社には狐がいるらしい、ということは、なんとなく、ぼんやりと知っていた。ということは、狐の姿をした神様なのかもしれない。

狐の姿の神様たちが、美味しい美味しいといなり寿司を食べている情景を想像すると、とても可愛らしいような気がした。

いまも昔も今日子は動物が好きだ。狐は特に、可愛いと思っていた。大きな耳も、金色の賢そうな目も、ふさふさの尻尾《しっぽ》も素敵だと思っていた。

今日子は、妹の分とふたつ、いなり寿司とお茶を買い、屋上の展望デッキで、飛び立ち舞い降りる飛行機を見たのだった。たくさんのたくさんのひとが空に舞い上がり、どこかに行って、たくさんのたくさんのひとたちが舞い降りて、地上に、そのひとの行くべきところに向かう繰り返しを、ずうっと見守った。そのうち、夕方になり、夜が近づいて、広い空に星が灯《とも》った。

それ以来、空港でいなり寿司を買って屋上で食べるのが今日子の中で流行《はや》り、そのあと何度も、同じような時間を過ごしたものだ。

「そんなこと、忘れてたなあ」

あまりにも昔のことだったから。

お弁当屋さんで、いなり寿司を買うとき、なんとはなしに、昔のようにふたつ買っていた。あの頃は妹の分もひとつ買うのが決まりだったから。昔に買った空港のいなり寿司は小さく愛らしいサイズで、子どもふたりのおやつにちょうどいい感じだった。いまのいなり寿司も、可愛らしいサイズであること、それだけは変わらないようだった。

「華奢《きゃしゃ》な女の子のおやつって感じだよね」

屋上を目指してのぼるエレベーターの扉の前で、かごが上がってくるのを待ちながら、今日子は笑う。空の上でこのいなり寿司をつまむ旅人もいるのだろうか。ちょっとお洒落な情景のような気がする。

「ほんとにちっちゃくて可愛らしい。いまのわたしならふたつくらい、ぺろっといけそうだねえ」

子どもの頃の記憶は、絵本で読んだお話のように、遠く近く、どこか曖昧《あいまい》で。けれど一度思いだすと、糸をたぐるように、いろんな記憶が数珠《じゅず》つなぎになって、思いだせてきた。

「そうそう、いつもお母さんのお見送りは明日香と一緒で、だからおいなりさんはふたつ買う癖《くせ》がついていたものだったから、明日香が歯医者さんの予約のせいで、どうしてもお見送りに来られなかった日も、無意識のうちに、ついふたつ買ったことがあったなあ」

久しぶりで、またやっちゃったんだなあ、と自分の頭を叩いて、やってきたエレベーターで展望デッキに上がろうとした。

あの日はそして、不思議なことに、展望デッキに上がってみたら、他にひとがいなかったのだ。まるで魔法でかき消したように、あの夕方の空港の屋上には、今日子以外のひとがいなかった。空の旅がいまほど普通でなかった時代、屋上にはいつも飛行機を見ているひとたちがたくさんいたのに。

子どもの頃の今日子は、きょろきょろと辺りを見回し、風が吹き過ぎるだけの、しんとした空港の屋上で、ひとりぽつんと立ち尽くした。

誰もいない広々とした場所というものが、こんなに殺風景で寂しいものなのだと初めて知った。

あれは秋だった。今日子は秋風が吹きすぎる、肌寒い空港の展望デッキで、冷えたいなり寿司を食べ、冷たいジュースを飲んだ。

いなり寿司もジュースもいつも通りにそれなりに美味しかったけれど、風の音を聞いているうちに、寂しくなってきて、今日子は空港の屋上で泣いた。静かに涙を流してすすり泣いた。

（ずうっと、泣くのを我慢していたんだ）

今日子が悲しいと泣けば、母が心配する。優しい祖母も困ってしまうだろうし、妹の明日香は狼狽《うろた》えるだろう。

今日子は、みんなのためにしゃんとして、いつも笑顔で元気でいたかったのだ。

（でもほんとうは、寂しくて泣きたかったんだよなあ。いつだって）

だけど、ぐっと涙を呑み込んで、こらえていた。

（頑張っているお母さんにも、優しいおばあちゃんにも、可愛い妹にも、そして、お空にいるお父さんにも、わたしにしてあげられることは、なんにもなかったからね）

あれはたしか、最後にお母さんの飛行機のお見送りをしに屋上に上がったときのこと。あの頃お母さんの仕事が忙しくなり、今日子と明日香も大きくなって、自然とお母さんはひとりで忙ただしく空港に向かい帰るようになって、お見送りの習慣も消えてしまったのだ。


エレベーターは屋上に着いた。途中まで、乗り降りするひとはいたのだけれど、屋上で降りたのは、今日子ひとりだけだった。

そして、梅雨時の夕方の、静かな風が吹き渡る屋上の展望デッキへと足を踏み出したのも、今日子だけ。空の下に歩き出して気がつくと、広々とした展望デッキにいるのは、今日子ただひとりなのだった。

夕焼けの赤色に染まる空が、果てしなく広がっているその空間に——昔見たのと同じ、飛行機がエンジン音をたてて離陸と着陸を繰り返す様子が続くその場所にいるのは、彼女だけだった。

「——子どものときの、あのときみたいだな」

あの秋の夕暮れ、黄昏時の情景のようだった。

違うのは、あのときの今日子は子どもだったこと。

あのときみたいに、いなり寿司を二人前持って、おとなになった今日子は、ふと、苦笑する。

「寂しい、泣きたい気持ちなのも、同じかもね。涙をこらえているのも、おんなじだ」

今日子はとても悲しい。悲しくて、怖い。

成功の確率の低い手術を受ける予定があるからだ。

少し前、スマートウォッチが、今日子にはよくわからないメッセージを画面に表示した。

これは何ですか、と携帯電話のお店に、教えてもらいに行ったら、

「心臓がちょっとおかしかったよ、と時計が教えてくれているんです。早めに病院に行か

れた方がいいですよ」

と、教えてくれた。

半信半疑だったし、何しろ今日子は機械ものには疎《うと》い。LINEのやりとりのついでに、明日香に、実はこんなことが、とメッセージを送ったら、速攻で電話がかかってきて、

『お姉ちゃん、すぐに病院に行って。頼むから』

という。

何でも、同じようにスマートウォッチに心臓の異常を感知したというメッセージが表示されて、病院で診《み》てもらって助かったひとが、日本はおろか、世界中にいるのだとか。

心臓、と聞くと、その病気で亡くなった父のことを思いだして、どきりとした。けれど、

「まっさかー」

今日子は笑い飛ばした。

自慢じゃないけれど、元気と健康には自信があった。自分に限って、心臓がどうとか、絶対にあり得ない。間違いだろうと思った。

でも、明日香はどうしても病院に行けという。泣きそうな声で懇願《こんがん》されると、お姉ちゃんとしては、無下にできなかった。

「わかった。明日行くよ」

ちょうど、その次の日に休みを取っていた。

そして、近所の評判のいい循環器科の病院に（そういうことにはタクシードライバーは詳しいものだ。何しろ、病院に行くお客様をたくさん乗せているのだから）出かけ、内診や様々な検査の末、精密な検査を受けるようにいわれた。そして、数日をかけての検査の後、心臓に思わぬ異常が見つかった。

先生は、優しいまなざしで気遣うようにいった。治らない病気ではない。手術をすれば治る確率が高い。けれど、実のところ、難しい手術なので、必ず成功するとはいえません。

先生のまなざしは、まるでもう、今日子がこれから転げ落ちて行く、死への道のりが見えているようで、かわいそうに、という、そんな想いが透けて見えるものだった。

母や祖母が病んで身罷《みまか》ったとき、もう助からないと告げた医師たちのそのまなざしと同じで、すでに違う世界に引っこすと知れたひとを見るような、遠いまなざしだった。

（じゃあ、わたしも死ぬんだな）

と、今日子は思った。

（難しい手術なんだろうなあ）

そのとき、自分が笑みを浮かべていたのを覚えている。ありがとうございます、と、いつものように深く頭を下げ、ふらふらと診察室を出て、病院を出た。

手術の日取りその他、いろんなことを決めなくてはいけないようだったけれど、とても受け止めきれず、また来ます、と頭を下げて、六月の空の下に足を運んだのだった。

次の日は、勤務の日だったけれど、不安定で物思いにふけりがちな自分がお客様を乗せて車を運転するなんて、とてもできないと思った。

電話で会社に相談したところ、絶句されたあと、しばらく休むようにいわれたのだった。有給休暇を使って、ゆっくり休みなさい、と。

そして今日、妹が会いに来るのは、つまりはその診断の話と、手術についてのことを聞きに来てくれるのだった。明日香がいうには、手術をするとしたら、保証人も必要なのだそうで、それは彼女に頼むしかなかった。


黄昏時の空の下で、ひとり風に吹かれ、飛び立ち舞い降りる飛行機たちのエンジン音を聞きながら、今日子は少しだけ笑い、深いため息をつく。

「ああ、泣きたいなあ。泣けるなら、よかったなあ」

こんなとき、ひとは泣いていいのだろうと思う。どんなに泣いても許されることだろうと、思うのだ。

病院で、診断が下りてから、ずっと泣きたい気持ちを抱えていて、けれど泣けなかった。

心が栓で塞《ふさ》がれたように、自分の感情がとても遠くて、涙が出なかった。

いっそ悲しい映画を観たときのように、わっと泣けたら元気が出るような気がするのに、どうしても泣けない。

ただ、重たく暗い死の予感と寂しさが、心の中にわだかまり、ずっしりと重さを増して行く。

会社に報告したときも、明日香と話したときも、泣けなかった。電話の向こうで相手の声が、優しい湿り気を帯びるのを感じながら、申し訳ないと謝り、軽い調子で話をまとめ、相手を笑わせようともした。

「まあ、接客業やって長いしね」

相手を笑わせなければ、とつい思ってしまう。自分なんかのために誰ひとりとして、悲しい気持ちになってほしくないと思ってしまうのだ。

ずっとひとりで頑張ってきた。子どものときからずっとずっとだ。お姉ちゃんとして、一家の中心にいて、朗《ほが》らかに笑い、母と祖母を看取り、お葬式を出した。ドライバーになってお給料をもらって、妹の明日香の学費を稼ぎ、高価な物は買えなかったけれど、成人式には晴れ着も着せた。明日香に恋人ができて、やがて結婚式を挙げるときは、ただひとりの家族として、それを見守った。元は祖母の家だった実家にひとりきりで暮らすようになってからは、仏壇を守り、古い家の手入れもして、ひとりきり真面目に生きてきた。悪いこともせず、遊ぶこともなく、浮いたこともしないで、こつこつとひとりきり、結婚の機会も逃し、けれど、お日様の下、恥ずかしくないように胸を張って生きてきたつもりだ。

それが、そんな自分が、病気になるとは。四十代。まだ若いはずだ。老いも死もまだまだ縁がないように思っていたのに。

そう思うと、何だか自分が可哀想にも思えるし、よりによってなぜ自分が、と、憤慨《ふんがい》もするのだけれど、やっぱり、泣けなかった。

明日香とふたり話しても、今夜もたぶん、自分は泣けないだろう。明日香が相手だと、きっと自分はさらに元気であらねばと思うだろうし、顔を上げて笑って話して――きっと明日香はそんな今日子を見て、泣くだろう。

泣いていいのに、と訴えて、泣くだろう。あの子は泣くのが上手だから。いつだって、自然に泣ける子どもだったから。

「あーあー、いまから目に見えるようだなあ。きっと、叱られちゃうよなあ」

なんで病人なのに、叱られなくてはいけないのだろう。

今日子は鼻をすん、と鳴らす。胸の奥に、たしかに涙の種のようなものはあるのだけれど、それが涙になって流れてはくれない。

病気のはずの心臓には、今日子自身はまるで痛みも異常も感じないのだけれど、心の方は、ずきずきと痛み続けていた。

その痛みと、吹きすぎる空に近い場所の風の冷たさに浮かびあがる記憶があった。

「思いだした。あのときは、泣いていたら、なんと狐がやって来たんだ」

夢のような出来事なので、おとなになったいまでは、子どもの頃の想像か、幻覚のような、そんな気がする出来事だった。

あのとき、黄昏の空の下で、デッキの椅子に座り、うつむいて泣いていたら――気がつくと、足下に、二匹の狐がいたのだ。いつの間にやら、ひょっこりと。

ふさふさの尻尾を風になびかせ、金色の澄んだ目で、今日子の様子を心配そうに見上げる狐たちが。

最初、今日子は自分の目が信じられなかった。ここは都会の大きな空港で、それも大きなターミナルビルの屋上だ。野の獣――狐がいるようなところではない。

けれど、まばたきしても、目をこすっても、二匹の狐は変わらずにそこにいた。

「――狐さん?」

話しかけると、狐の一匹が、優しく前足を膝にかけてくれた。励ますように、今日子の顔を見つめ、口をちょっと開けて、笑みを浮かべるような顔をした。

ふと気がつくと、二匹とも赤い前掛けを付けている。あれはたしか——。

「もしかして、神様の狐さん？」

前掛けを付けた、こういう狐たちは神社に飾られていたような気がする、普通はこんなふさふさの姿ではなく、動かない石像だけど。

狐たちは、そうだよ、というように、尻尾を揺らした。

「空港を守る、神様の狐さんなのね」

信じられないと思ったけれど、目の前にたしかに、その狐たちはいた。いきなり、魔法の世界に飛び込んだみたいだと今日子は思った。こんな漫画やアニメみたいなこと、ほんとうにあるのだ、と。

二匹の狐たちが、あんまり可愛らしくて、優しく見えたし、そのとき、デッキには他に誰もいなかったし、その日は妹が一緒ではなかったから、今日子は狐たちに見守られて、ほろほろと泣いた。

寂しかったこと、辛《つら》かったこと、でも頑張っているのだということを、泣きながら、とぎれとぎれに狐たちに訴えた。

狐たちは、うんうん、とうなずくようにして、今日子の話を聞いてくれた。

そんな風に見えた。

やがて今日子は泣き止《や》んだ。心の中がすっきりしていて、ふうっと明るく笑えた。

涙を拭きながら、ありがとう、と狐たちにお礼をいった。狐たちは、よかったよかった、というように、笑顔になったように見えた。

優しい狐たちに何かお礼をあげたい、と思ったとき、いなり寿司が目に入った。妹の分の、開けていないいなり寿司が。

「――食べる？」

さしだすと、狐たちは、互いに顔を見合わせた。

そして、一匹が、いなり寿司の箱を長い口にくわえた。そうして――その場で優雅に跳ね上がると、まるで空に舞い上がったように、二匹の狐は、姿を消したのだった。

今日子が驚いて辺りを見回し、空を見上げると、晴れた空から、金色の雨が、はらはらと数粒落ちてきた。美しい、魔法のような天気雨だった。

「あれは、不思議だったなあ」

二折のいなり寿司を手に、今日子はテーブルを探し、椅子に腰を下ろした。

あの日と同じに、黄昏時の空を見上げる。

子どもの頃に見たと思った、あの二匹の狐は、幻だったかもしれない。哀しかった子どもが見た一瞬の夢。でも、こんなに素敵な記憶を抱えているのは、幸せなことだと思った。夕方の空は澄んで美しく、まるであの日に見た狐たちの瞳の色のようで、自分が死んでいなくなったとしても、世界がこんなに美しいのなら、それでいいような気がした。

素直にそう思える自分が、わりと好きだな、と思わなくもない。

ふっと笑ったとき、ぱらぱらと空から雨が降るのを感じた。

光の粒が降るようなそれを、今日子はてのひらに受け、懐かしくて微笑《ほほえ》んだ。

「ああ、天気雨だ」

あの日と同じ。そう思ったとき、

『あのときは、美味しいものをありがとう』

風が吹きすぎるような、優しい声がして、気がつくとそこに——すぐそばに、天女のような透き通る衣を着た、長い髪の丈高く美しい女のひとが立っていた。

足下に二匹の狐を連れて。

『そなたがなかなかここに来てくれないものじゃから、妾《わらわ》も狐たちも待ちくたびれておったのじゃよ』

くすくすと楽しそうに笑った。

『妾は、この界隈を守る、女神である』

梅雨時の空を背景に、その美しい女性はいった。長い髪と美しい衣を風になびかせながら。足下には赤い前掛けを付けた二匹の狐が、傅《かしず》くように腰をおろしていた。

その狐たちは、子どもの頃の今日子がここで出会い、涙に暮れる彼女を慰めてくれ、いなり寿司をひと折くわえてどこへともなく帰っていった、あの狐たちに違いない、と、今日子は思った。——少なくとも、都会の大空港のターミナルの屋上に、突如として現れる前掛けを付けた狐などというものが、そうそうたくさんいるとも思えない。

だから——狐を二匹つれた神々しい女性が、そう名乗ったように神様だということを、疑《うたが》う気にはなれなかった。夢幻ではないかと自分の目を疑う気にも。

そもそも——のちになって、今日子はそのときのことを何度も振り返ったけれど、ひとたび、神様なるものと出会ってみると、その「神々しさ」に、なるほどこのひとは間違いなく神様で今は現実だ、と納得してしまうものなのだと、今日子は知ったのだった。

なるほど、この狐たちは神様そのものではなく、神様のお使いの狐で、あの日今日子が渡したいなり寿司を、主《あるじ》である神様に届けに行ったのだろう。

あのとき、今日子はほんとうは狐たちにいなり寿司をあげたつもりだったのだけれど、多少の誤解はあれど、目の前のこの神様が喜んでいるのなら、そこは黙っておこうと思った。こんなに嬉しそうにしているのだから。

『あれはまったくもって、実にうまいいなり寿司であった』

その美しい神様は、神々しく、それでいて、なんとも親しみ深く、可愛らしかった。

『あの日、妾は神社の方で用事があったもので、狐たちだけが、ここにおったのじゃ。狐たちが神社に提げて帰ってきた、あのいなり寿司がたいそう美味しかったもので、これは妾が直《じか》にお礼をいわねばと思った。

そも、ほんの子どもだというのに、それもいまの時代、神のことなど忘れているものが多いというのに、この妾への捧げ物を、と考えるところが、実に尊く、また嬉しく、これは妾が自ら礼をいわねば、と思ったのじゃ。褒めてやらねば、とな。そういう訳で、そなたがまたこの屋上へ来るのを、妾は今日まで、ずーっと待っておったのじゃ。一日一日、今日も来なかった、明日こそ来るか、とその繰り返しじゃった。妾は神で、長生きであるので、どちらかというと、気が長い方ではないかと思うておるが、それにしても、いささか待ちくたびれたぞよ』

丈高く美しい女のひとは、にこやかに笑う。

ずーっと、といったとき、ずーーーーっと、というように、長く長く言葉を伸ばしたのが、なんとも愛らしかった。よほど今日子を待っていてくれたのか、と思うと嬉しかったし、威厳を感じさせるたいそうな美人なのに、子どものように口を尖らせていう表情が、神様にはたぶん失礼ながら、可愛らしいなあ、と思った。

『改めて、礼をいう。あのときは、美味しいいなり寿司をありがとう。これまで長くこの地を守ってきたけれど、あんなに美味しい捧げ物は久しぶりであったぞよ』

長い黒髪と透き通る色鮮やかな衣は、風に揺れ、梅雨空にひらめいて、まるで一枚の絵がそこにあるようだった。神様が一言話すたびに、口元から様々な花の香りがした。

その言葉と存在を疑おうとは努《ゆめ》思わなかったけれど、突如夢幻の世界が目の前に現れたようで、もしや自分は夢を見ているのかと今日子は思わず、自分の目をちょっとだけこすってみたりしたものだ。

けれど、美しいひとと、その足下の二匹の狐は、何をしても目の前にいるままで、消え失《う》せたりはしなかった。

空港を守る女神は、優しいまなざしで、懐かしそうに今日子を見つめ、

『大きくなったのう』

といった。子どもの頃の今日子がいまもその目に見えるというように、今日子の方を向きながらも、視線がほんの少し、下に下がる。

「ええと」と、つい今日子は口を差し挟む。

「わたくしが、神様とお会いしたのは、そのぅ、今日が初めてではなかったでしょうか？」

あの日、黄昏時に、ここで今日子が会って話したのは、二匹の狐だけだったような。

くすくすと神様は笑う。

『そなたは気付いておらなかったのじゃろうな。実は、そなたとそなたの妹のことは、いつも見守っておったのじゃよ。妾は神であるので、ふだんはこの身を現さず、そうっと風に紛れて、ここに集う皆を見守っておる。妾は遠い昔、この地が開墾されたとき以来、この地とひとびとを守るべく祀《まつ》られている神である。長い年月を経て、この地に空港が造れ、空港もまた、妾が守るべき場所となった。妾は昔から、ひとが楽しそうにしているところを見るのが好きじゃ。ここ空港で、皆が楽しげに集い、笑ったりしているのを見ているのが何より好きなのじゃ。特に子どもたちが、空を行く飛行機を見上げて歓声を上げる様など、何度何回見ても見飽きることがない。笑い声や歓声も、聞くたびに我が身が楽しくなるものじゃ。

ここへ来る子どもたちは、大概楽しげで、心躍るような表情で空を見上げているものだが、そんな中、寂しげな小さな子どもふたりが、時折ここへ現れては、どうやら母親の帰る飛行機を見送り、手を振っていつまでもその姿を見守っている――飛行機が遠ざかり、見えなくなると、肩を落として帰って行く、その様子がなんとも、気がかりで、いじらしく、かわいそうに思えてのう。妾はそなたらを見かけるたびに、ついつい、様子をうかがっておったのじゃ。妾にできることはさしてないけれど、帰り道につまずかないよう、車にひかれたりしないように、と、そっと念じて見守っておったのじゃよ』

今日子は、ふと思い当たった。

そういえば、子どもの頃、母を見送った空港からの帰り道、モノレールに乗るためにエスカレーターで地下へと降りるとき、何の弾みか、足を踏み外しそうになったことがある。そのとき、まるで見えない誰かの手に腕が引かれたように、上に引き戻され、落ちずにすんだことがあった。

同じく、空港からの帰り道に、モノレールを降りて、自宅の最寄りの駅から外に出た後、横断歩道を渡ろうとしていたときに、ふいに飛び出してきた車にひかれないで済んだのも、後ろから誰かが腕を引き、歩道へと引き留めてくれたからだ。振り返っても、誰もいなくて、あまりに不思議だったから、ずっと覚えていた。

(そういえば……)

どちらのときも、ちょうどいま、神様のそばにいると、その吐息に混じって感じるように、ふわりと花の香りがしたような気がした。

あのとき、神様はそばにいたのだろうか？

小さな今日子と明日香のそばにいて、無事に帰れるように守っていてくれたのだろうか？

そう思うと、子どもの頃の寂しい帰り道に、世界に妹とふたりきりだったように思えていた、あの寂しい帰り道に、優しい神様がそばにいてくれたのだと思うと――心の奥が、ふうわりとあたたかくなってきた。

「――ありがとうございます」

お礼を笑顔でいおうとしたのに、なぜだろう、ふいに熱い涙がぶわっと溢れてきた。

『おやおや、どうしたのじゃ？』

神様が優しい声で、でも少し狼狽えたように、今日子に訊ねた。

今日子のそばに歩み寄り、小さい子にそうするように、泣き顔を覗き込もうとする。

『どうしたのじゃ？　どこか痛いところでもあるのか？　それとも何か悲しいことでも……』

今日子は、すみません、すみませんと謝りながら、なんとか急な涙を止めようとしたけれど、涙はバケツの底が抜けたようにとめどなく流れ、なかなか止まってくれなかった。

ワンピースのポケットからハンカチをひっぱりだしてきて、なんとか押さえようとしたけれど、それくらいではおっつかない。

（いい年をして、ほんと恥ずかしい……）

べそべそと泣きながら、今日子はすすり泣きの合間に、繰り返し、ため息をつく。

優しい声に、少しだけ笑みを含んで、神様がいった。

『そなたは、子どもの頃は、どんなに辛そうなときもしゃんとして、泣かないようにしていたようだったのじゃが、長じて、いまはけっこう泣き虫になったのかの？』

「いや――いまも、ひとまえでは泣かないようにしているの、ですが……何だか今日は、涙が、止まらなくて」

『よいよい、妾は神で、つれは狐じゃ。どんなに泣いてもひとまえで泣いたことにはならぬ。思う存分泣いていいのじゃよ』

そういうものだろうか、と思いつつ、今日子は涙を止めることを諦め、うつむいて、ハンカチでひたすら涙と鼻水を押さえた。

やがて、やっと涙が涸《か》れてきたようで、今日子は深いため息をついて、顔を上げた。

「失礼いたしました……」

神様に会釈しつつ、ふと目に入った黄昏の空の美しさに、今日子は息を呑んだ。

一面黄金色に染まった空が、空港の上に広がっている。その空を、翼をきらめかせながら、飛行機が舞い降り、舞い上がる。

神様と狐たちも、輝く翼を見上げ、長い黒髪と衣に前掛けをなびかせて、空に舞う翼を見守っていた。

言葉にせずとも、舞い上がる飛行機の旅の安全を祈り、舞い降りてきた飛行機を、それに乗る旅人たちを祝福し、迎えているのがわかるような、そんな笑みを浮かべていた。

(ああこの神様は、ずっとずっと長い間、ここで、飛行機を見守り続けてきたんだなあ)

誰の目にも見えなくても、この屋上で、朝や昼の風や夕方の風、夜の風に紛れて、旅人たちを見守っていてくれたのだろう。

そう思うと、今日子は、あたたかな毛布に肩からくるまれたような、なんとも柔らかな気分になって、いつしか笑顔になっていた。


気がつくと、今日子は神様と狐たちに、思うことを話していた。少しずつ、訥々《とつとつ》と。

広い空と、飛行機たちを一緒に見上げながら。

梅雨時の夕方の、優しい風に吹かれながら。子どもの頃に、そうしたように。

話し終える頃には、空はすっかり夜の紺色に染まり始めていた。

「——そういう訳で、わたし、死んでしまうかもしれないんです。その、難しい心臓の手術がうまくいかなかったら」

言葉にすると、不思議と気持ちがしゃんとした。認めたくない事実だったけれど、とりあえずその障害が、ちょうど目の前の道路に落ちた落石のように、避けがたいものとして、可視化されたというか。

在るものは在るものとして、目をそらさず、とりあえず進んでいくしかないのだと、静かに覚悟ができたような気がした。

深く息を吐いて、澄んだ空気を胸に入れると、小さな勇気が湧いてきた。

(あとはもう、ドライバーの腕と運次第、みたいな感じなのかもなあ)

自分でいうのもなんだけど、今日子は運がいい方だ。ついでにいうと、まあまあ運転の腕もいい方だと自負している。

(今日までこの手で運転して、立派にやって来たんだものなあ)

自分の力で。腕一本で。人生の旅路を見事に運転してきたのだ。

星が灯り始めた空を見上げると、自分を褒めてやりたくなってきた。

この先がどうなるかわからなくても、今日までの自分はなかなかかっこよかったんじゃないかな、と思った。

ひとりの人間が当たり前に、ただただ生きてきただけだけど、ひとまえで泣かず、泣き言もいわず、妹を育てあげて、恥ずかしくない生き方をしてきたのだ。地味かもしれない、ありふれた半生だったかもしれないけれど、誇ってもいい気がしてきた。

狐たちが、今日子の足下に来て、ワンピースの足にそっと顔を寄せ、慰めるように、長い鼻をこすりつけてきた。

神様が、静かな声で、そっといった。

『手術がうまくいくように、妾が祈ろう』と。

『昔々、この国を守る神々には、いまのそれよりも、大きな力があったのじゃ。それはたぶん、そなたたちひとの子が、我らを心から信じ、あがめ、心を開いてその存在を認め、畏《おそ》れていてくれたからじゃろうと思う。昔のひとの子は、幼い子どものようであった。無垢で、無邪気で、そして無力で。叶えたい願い事があれば、祈ることしかできず。我ら神々は、願い事に耳を傾け、少しでもそれを叶えてやりたいと思っていたものよ。

けれどいつの頃からか、ひとはその手で、自らの夢を叶えるようになった。大きな力を、自らの力で振るえるようになった。

たとえば、飛行機で空を飛ぶこともそうじゃ。はるか昔のひとの子は、鳥のように空を飛びたいと、空を見上げて願うことしかできなかった。その背に翼を持たない以上、翼に憧れ、祈ることしかできなかった。重すぎるからだと、大きな頭に長い手足では、鳥を真似て羽ばたいても、わずかも浮き上がることはできない。――けれどいつしかひとの子は、その大きな頭で考え、思考と願いを受け継ぐことで、空を飛ぶ方法を見出《みいだ》し、機械の翼を手に入れた。いまではああして、鳥の羽では届かないほどの高さまで、舞い上がることもできるし、疲れも知らずに、はるか遠い異国《とつくに》まで飛んで行くこともできる。

ひとの子は、大きな翼を手に入れ、そしてその代わり、かつてのように神々に願うことも、我らに話しかけることも、忘れてしまった』

静かに、少しだけ寂しげに神様は笑う。

『妾は、ずっとそれを見てきた。他の神々もそれぞれの地でそうしてきたことであろう。変わらぬ思いで、ひとの子たちを見守りながら。けれど、気がつくと、昔ほどには大きな力を振るえなくなっていたのじゃ。ひとの子が我らの存在を忘れ、神と呼ばなくなり、畏れてくれなくなったからなのだろうと思うと、まあ寂しくはあるのう。いずれこの先、遠い未来に、ひとの子たちが完全に見えないものを信じることを忘れれば、我らは地上から消え失せるのかも知れぬ』

それは、人間が死ぬようなものなのだろうかと、密かに今日子は思った。

すると、その思いを感じ取ったように、緩く首を横に振って、神様はいった。

『我ら神々の最期のときは、風に吹かれて宙空に消え去るのみ。寂しいのう。ひとの子たちの命や想いのように、地上に残り、受け継がれることはない』
「受け継がれる――？」
『ひとの子の命は消えることがない。空しくなる、ということはないのじゃよ。たとえば、遠い昔にひとの子の誰かが見た、空を飛びたいという願いが、いまはああして、空に光を灯す、飛行機として顕現したように。想いが受け継がれて世界に残る。魂の欠片もまた、地上へと帰ってくる。どこかでまた生まれ、新しいからだを得て、その先の未来へと進んで行く。そうしてまたどこかの、ひとの子の夢を受け継いでゆく。
ひとの想いは塵《ちり》になることはない。だから、いつどんなときも、先行きを怖がらずともいいのじゃよ。命の旅は終わらない。永遠に続くのじゃ』
それはそれとして、と神様は笑った。
『そなたのその手術がうまくいくように、妾は祈っていよう。かつてほどの力はないにせよ、一応神の端くれであるからの、それなりの力は持つかとは思うぞよ』
闇が訪れた空に、狐たちの目が光る。そしてくっきりと神様の輪郭が光を放っていた。淡い星のような、真珠のような光が揺らめいて見える。それは間違いなく、この世のものならぬ神聖なものの姿で、今日子は目の前の美しいひとに、変わらぬ親しみを感じつつも、太古の人間のように、畏怖《いふ》をも感じたのだった。

（命の旅は終わらない――）

想いは受け継がれて行く――。

ふと、思いだすことがあった。

今日子の父は、心臓の病で亡くなったので、長く寝付くことはなく、わずかな間に旅立っていってしまった。

父はタクシー運転手という自分の仕事が好きで、一生ドライバーでいたいなあ、なんてことをよくいっていたのを覚えている。

病院で眠っていた、その死の間際に、両の手が、ハンドルを握る形で動いていた瞬間があった。楽しげに口元が笑っているのも見た。

たしかに見たと思った。

父は今際の際、自らのタクシーに乗り、お客様を乗せて、どこかに向かって走ろうとしていたのだ。

もうずっと昔の、子どもの頃の記憶だけれど、不思議とくっきりと忘れない。

（もっと先まで、運転させてあげたいって思ったんだ）

ドライバーを続けさせてあげたかったと。

父が走り続けられなかったその先の道を、せめて代わりに自分が走ってあげたかった。だから、自分もタクシー運転手になったのかもしれない。

気がつくと、展望デッキの足下に星が灯っていた。——いや、星を模した明かりが、屋上に無数に灯っていたのだった。足下の明かりは、優しく今日子を照らし、星空に続いているように見えた。視線を上げれば、そこには星々がまたたく光を灯し、その空へと、翼に灯《ひ》を灯した飛行機が、舞い上がっていた。どこか遠くの地を目指して。

ふと、ひとの声のざわめきが聞こえた。楽しげな笑い声も。あちらこちらから。

夢から覚めたように、今日子のまわりには——夜の展望デッキにはひとが溢れていて、それぞれに空を見上げたり、会話を楽しんだりしていた。

そしてあの、神様と狐たちは、ついさっきまでそこにいたと思うのに、屋上のどこにもいなくなっていた。

まるで狐につままれたようだ、と、今日子は思い——でも、夢や幻ではなかったと思ったのは、たしかに腕に抱えていたはずの、ふたり分のいなり寿司の包みがなくなっていたからだった。

かすかに、耳元で、

『これはいただいておくぞよ』

と、ささやかれた記憶が残っていた。

神様がお土産に所望したのだろうと思うと、何だか可愛らしくて可笑しかった。

(よほど、昔のいなり寿司が美味しかったんだろうなあ)

いまの時代のいなり寿司もお気に召しますように、と、今日子は微笑んで、そっと祈った。

そして思った。自分は今夜美しい神様に会って話したことを、子どもの頃に狐たちに会ったことを、きっと忘れない。ずっと覚えていますよ、と。

空港の上を吹きすぎる風が、ゆるやかに今日子のワンピースの裾を揺らす。

いつのまにか背筋がしゃんとしているのを感じていた。この先の運命がどうなろうとも、今日子は未来へと進んで行くだけだし、自分の運と運転の腕を信じるだけのことだ。

(手術ってことは、お医者さんたちの腕と運も信じなきゃなあ)

ふと思った。お医者さんたちにはお医者さんたちできっと、患者を助けたい、この手術を成功させたい、という思いが受け継がれていて、道のその先へとその願いは受け継がれてきたのかもしれないな、と。

そんな風にして、人間は未来へと生きてきたのだろう、と。

見上げる空に、飛行機がまた浮かび上がり、吸い込まれるように上昇して行く。

屋上に集うひとびとが、歓声を上げた。


結局、今日子は夕食をとらないままに、妹の到着を待ち、妹もデッキに呼んで、ふたりで夜空を見た。

手術のことなどをかいつまんで話すと、案の定、妹は涙を浮かべ、そしていった。

「お姉ちゃん、辛いときは辛いっていっていいんだよ。もっと頼っていい。わたしはもう立派なおとなだし、お姉ちゃんよりも、いっちゃあなんだけど、お金持ちなんだからね」

妹は、長引いた仕事の後、急いで駆けつけたのだろう。お化粧は乱れ、髪も適当になでつけたように、まとまっていない。服もよく見ると、袖のボタンが外れている。美人なだけに、ちょっとおやおやと思わせる姿だ。

そんな様子は、幼い日に、今日子に置いて行かれそうになって、泣きながらあとをついてきたときの妹の姿を彷彿《ほうふつ》とさせるものがあった。

けれど、明日香はいまや今日子よりもずっと背が伸びていて、その表情は、かつての亡き母を思わせた。凜としてプライドを持ち、責任を持って自らの仕事をこなす、働く女性の強さが形になったような存在が、そこにいたのだ。

夜空の下で胸を張る、その姿に、今日子は今更のように感動を覚えた。

(大きくなってたんだなあ)

わかっていたつもりだった。この子がもう、自分のあとについてくる小さな妹ではなく、ちゃんとしたおとなで、勤めている旅行会社では責任ある仕事を背負う身で、同時に、いまやひとの子の親でもあるということを。

「そっか。そうだね。もう自分だけで頑張らなくても良かったのかも知れないね」

「そうそう」

得意そうに明日香は胸を張る。「わたしはお姉ちゃんに育ててもらったようなものだもの。ちょっとくらい、そのお礼をさせてよ」

今日子は笑った。

「じゃ、とりあえず、ビールをご馳走になろうかな？　どこかにつれていってよ」

「まかせてちょうだい」

妹は腕時計を見た。「この時間だと、ホテルの中のレストランがいいかなあ。よし、行こう。向こうでまたきちんと話を聞かせてね」

「うん。聞いてもらうよ。いろいろ相談に乗って欲しいんだ」

星空の下を歩き出すと、自分のお腹が鳴るのを感じた。ビールには何が合うだろう？

茹でて辛子を添えたソーセージとかかな。きっと明日香が適当に見繕ってくれるだろう。

（美味しかったらそれを覚えていて、タクシーのお客様に教えてあげようかな？）

展望デッキに灯る星と、それから、優しい神様と狐たちの話も、話題にできたら素敵だな、と、今日子は思ったのだった。

最終話

夢路より

「うう、頭が痛ぇがよ」

司《つかさ》は、背の高いからだを屈《かが》め、深いため息をつきながら、昼下がりの到着ロビーへと足を踏み出した。

目の奥の辺りから、ずきずきとした頭痛が始まっていて、不吉な予感がした。

頭が重い。西瓜《すいか》が肩の上に載っているようだ。

さっきまでその中にいた機内は涼しかったけれど、ターミナルのこのフロアへ辿《たど》り着けば、空気に夏の気配を感じる。外は暑いはずだ。今朝、出がけに、故郷の町の空港行きのリムジンバスの中で、こちらの天気を確認してきたから。

前方に見える大きなガラスのドア越しの世界は眩《まぶ》しく白っぽく見えて、頭に響いた。

「今日は、うちん町より、関東のこっちん方が気温が高《たけ》えっちゃがな」

街路樹に背の高い椰子《やし》の木が並び、蘇鉄《そてつ》が茂るような、九州の南の町に住んでいると、つい故郷の町は灼熱《しゃくねつ》の地のように思えるけれど、気温だけを比べると、実は関東の方が暑いことも多い。

「それにしてん、こん空港はほんとに大きいなあ」

高い天井《てんじょう》を見上げ、広すぎる空間のあちこちに視線を投げながら、司は肩を落とす。

その機会はさほど多くないとはいえど、何回ここを訪れても、この広大なターミナルビルの内部の様子を覚える自信がなかった。その上に今日は頭がどうしようもなくぼけてい る。不吉な頭痛は、いや増してゆく。

このあと、このビルの地下からモノレールに乗って、地下鉄に乗り換えて、予約しているビジネスホテルに移動しなくてはいけないのだけれど、たぶん旅慣れているひとにはなんてことのないだろう移動に目が眩《くら》む思いだった。ターミナルビルだけではなく、当然のように、都会の街は広く大きく空の下に広がっていて、来るたびにはるばると距離を感じた。電車に乗れば、線路を行けども行けども、同じような街の景色が続く。似たような都会のビルやマンションの群れが地平線の上に続いているのだ。果てしなく街は続き広がる。

司の故郷の町ならば、車でちょっと移動すれば、町は終わり、あとは山になったり海になったり、野原が続いたりするものなのに。

（ちびっと途方もねえ広さなんちゃなあ）

司は緩《ゆる》く頭を振った。――ホテルにチェックインしたら、夕方には駅のそばにある町のアンテナショップを訪ねて、取材をしなくてはいけないのだけれど、この頭痛で大丈夫だろうか？

「――正直、自信ねえなあ」

素直にため息が出る。

部屋で少し休んでいければ良いのだけれど、ぎりぎりのスケジュールになってしまったから、さくさくと移動しなければいけない。

今日に限って、飛行機の離陸と着陸の時間が遅れて、時間にゆとりがなくなってしまったのだ。むしろ、どこかで走らなくては間に合わないかも――。

（ほんとほんとは、余裕を見て前泊でんして、取材んあとに一泊、二泊くらいできりゃ良かったんやけどな）

公務員には、そんなゆとりは許されていない。さっさと仕事を済ませて帰らなければ。一泊できるだけでも贅沢《ぜいたく》なのだ。

社会人失格じゃないか、と深くうなだれる。

九州の南の、小さな町の市役所勤務の身（広報ん仕事をしちょる。てげ楽しい）なので、椰子の木の葉が風になびく故郷を離れ、この大空港へと降り立つ機会はそうそうない。子どもの頃から、故郷の町を離れたことがほぼなかったせいもあり、久しぶりの空の旅に張り切って、前の夜に寝付かれなかったのが崇《たた》って、どうにも寝不足、きっとそのせいの頭痛だった。

歩きながら、首を回すと目眩《めまい》がした。

目の奥がチカチカして、視界の上の方が暗いような気がする。カーテンがかかっているような。

祖父の代からの頭痛体質で、そのせいか、寝不足にも気候の変動にも弱かった。二代続けて脳出血で倒れて、祖父は亡くなり、父は長いリハビリ生活を送ることになった。

「あんたも気をつけなさい」

折々に、母親にいわれていたのだけれど、まだ若いという暢気《のんき》さもあって、これまでそれほど気をつけていなかった。子どもの頃からたまの頭痛以外は元気で体力自慢、性格も明るく、嫌なことはすぐに忘れてしまうたちなのが、よくないといえばよくないのだと自分でわかっている。

そして、不意の頭痛に襲われるたびに、後悔するのは同じだった。しまったなあ、と我が身のうっかりさが口惜しかった。わかっていたのに、なんでこんなドジを。修学旅行前の小学生じゃあるまいし、早く眠れば良かったのに。昔から何回、この手の後悔をしてきただろうかと我が身が呪わしい。

耳も気圧の変化について行けていないようで、左耳の聞こえが悪く、詰まっていた。

「ええと、こんげんときは耳抜きだっけ」

ぼんやりした気分のままに、つい歩きながら、鼻をつまんで、ふん、と鳴らすと、近くにいた旅行者たちが、慌てて避けながら、非難するような視線を投げてきた。

「ああ、すまん」

司は身を縮《ちぢ》め、大きなキャリーバッグを転がしながら、逃げるようによたよたと壁の方へと移動していった。自分自身は身を縮めたくとも、荷物が大きく重くて、もたもたしてしまう。いつもそうなのだ。旅行といえば気持ちが弾んでついあれこれと持っていきたくなるから、荷物が大がかりになってしまう。移動中に読むつもりの本や、落書きや作曲をしたくなったときのためのタブレット、空腹になったときのためのおやつに、お気に入りのコーヒー豆に、コーヒーを淹《い》れるための道具。機内放送を聞くための、ノイズキャンセリング機能付きの大きなヘッドフォンに、夜更け、ひとりのホテルの部屋が寂しくなったときにそっと吹くためのハーモニカ。それから……。

司は社会人になって、まだほんの数年の若者で、つまりは若く、体力があり、体格にも恵まれているけれど（横幅は最近、ちょっと恵まれすぎてきたかもしれない）、そんな司でも、いやだからこそ、荷物は多くなる。ついでにいうと、多趣味なのが祟っている。とても一泊二日の旅の荷物ではないような量になる。見るからに旅慣れていない姿になる。

進行方向にいたひとびとに、邪魔だなあ、という視線を投げられたような気がして、司はしみじみと、自分が情けなかった。

(空ん旅にも旅行にも、いつまでたってん慣れんなあ)

俺は、いつまでたっても、かっこわるい、田舎者《いなか》だ――。

「おまけに頭痛持ちときたもんや」

ふう、と何度目かわからないため息をついたとき、司はだんだん気が滅入《めい》るのに疲れてきて、ぐっと顔を上げた。

「よし、もういい加減、落ち込みん底についたぞ」

軽く拳《こぶし》を握《にぎ》り、荷物を押して、歩き出した。

自分のほっぺたを軽く叩《たた》きながら、とにかく足を進める。一歩歩くごとに、がんがん響く頭痛に耐《た》えながら。無意識のうちに歯を食いしばっていた。

あまりの頭痛に、不安がこうじてふと――まさか今日で人生終わりってことはないよな、と思った。

正直いって、自分は幸せな二十代だとそういう素直な実感はあった。家族や友人知人に恵まれ、仕事も楽しいし、たまにはこんな風に、飛行機に乗って都会にも来られるし。

（仕事も――てげ楽しいよなあ）

生まれ育った故郷の町で、公僕として、町のひとたちのために働けるのは幸福だと思っていた。

からだの不自由な父や、教師として仕事が忙しい母のそばで、同居して働くことができるのも、恵まれていると思っている。

正直、モテない方ではないし、いろんな出会いもある。ひとといることも好きだった。いまのところはまだ心ときめくようなひととは巡り合っていないけれど、いずれ、そのひとと巡り合えれば、ともに南の町で生きていくことになるのだろうかと思い、その日を楽しみにしたりもしていた。

（そして年を重ねて、みちたりた人生を送り――やがて先祖代々ん墓に入って）

それでいいと思っていた。

「――ほんとうに？」

両親には何度も訊《き》かれてきたけれど。

「司は家族のためじゃなく、自分のために生きていいんだよ。自分の夢や幸せのために」

自分の幸せのために、楽しく生きるために、故郷に残るのだと思っていた。だからいつだって、笑顔でそう答えてきた。

司は自分でいうのもなんだけれど、子どもの頃から賢く、成績が良かった。勉強が好きで、好奇心旺盛で、知らないことを学ぶのが苦にならなかった。明るく元気で努力家で、ひとの中に入っていくのが巧《うま》く、そうすることが、自分でも楽しかった。人間が好きだった。

高校は地元の進学校に行ったのだけれど、そこで担任の先生に、

「おまえみたいなのは、田舎で小さく終わらずに、都会に行って、日本を動かしたりするような大きな仕事をした方が良いのにな。世界にはばたくとかで」

勿体《もったい》ないなあ、と、よくいわれたものだ。

でもいつも、司はにこにこしていた。

生まれ育った町が好きだったし、母とともに家庭を支えたいとも思っていた。そして、日々を穏やかに生きてゆけたら。

何よりも――司には叶えたい夢が、なかった。

才能がなかったわけじゃない。むしろ司は器用で、何でもできた。絵も描けたし、楽器も弾《ひ》けたし、歌もうたえた。運動神経だって良かったし、体育祭ではダンスも踊った。

ただその全ての才能が、五段階評価で表せば四になると、自分でわかっていた。

好きなことはたくさんある。なんでもできるけれど、突出して好きなことも、突出してすごい才能もない。だから、自分のようなものは、都会に出ることもないのだと思った。

ちらりと思ったのは、なぜか、遠い昔の、懐《なつ》かしい小学校時代の友人たちのことだった。田舎の歴史ばかり古い、小さな小学校に一緒に通っていた友人たち。六年生のときの、特に仲の良かったふたり――。ピアノが上手だった少女は、小さくか細く、内気で、すぐ泣く子だったけれど、魂を込めるような響きで、旋律《せんりつ》を奏《かな》で、ピアノに向かい合うことができた。ピアノの前にいるときは、大きな姿の、優しい怪物のように見えた。あんな子が、いずれ、都会に行って音楽の道に進み、プロになるのだろうと思った。

そして、もうひとりの友人、やはりピアノが好きで、縦笛も巧かった少年は、彼もまた恥ずかしがり屋の怯《おび》えがちな子どもだったけれど、世界のどんなことにも詳しくて、およそ知らないことは何もないようだった。図書館の本を読み尽くしていたし、外国から来た観光客が困っていたら、顔を真っ赤にしながらも、外国の言葉で道案内だってできたりした。そんなときは普段とは違って、ヒーローのようにかっこよく見えたものだ。

「ぼくは知ること、調べることが好きだから、おとなになったらそういう仕事をしたいな。それが本に関する仕事なら、最高だと思う」

同じ六年生でも、司はそこまで未来のことなんて考えていなかったから、友人に後光が差して見えたのを覚えている。

きっと、あの友人のような人物が、成長後、都会で大企業に勤めて、テレビドラマや小説の主人公のように働いて、日本を動かす力になるのだろうと思うのだ。

翻《ひるがえ》って、才能がオール四、特に叶えたい夢もない自分としては、故郷でこのまま、自分のできることをしていたいと思った。のんびりゆったり、それでいい。

ではこの故郷で、自分がしたいことは何だろうと思ったとき、まず思ったのが、

「家族におむすび握っちゃりてえ」

ということだった。

子どもの頃から、忙しい母の代わりに、家事をこなすのが苦にならなかった司は、特に、料理をすることが好きだった。

疲れて帰ってくる母や、リハビリを頑張った父に、美味《おい》しいご飯を炊き、旬のおかずを用意する。熱いお味噌汁を作る。ふたりが喜ぶ顔を想像して、デザートだって用意する。

そんな日々の繰り返しが、好きだった。

料理と向き合う心はどこか科学にも通じているし、色とりどりの皿に盛り、取り合わせを考えるのは美術的でもある。栄養学も勉強すると面白いし、ちょっと魔法っぽいのも楽しい。何より司本人も美味しいものが食べたいということもあって、料理はある種趣味と

実益を兼ねたものみたいなところがあった。

少しでも美味しいものを、美しい料理を、手早く、安上がりに、と工夫をするうちに、自分と家族だけが楽しむのは寂しいような気がして、学生時代から、ブログでレシピの紹介をするようになった。もともとパソコンにもネットにも苦手意識はないというか得手なので、いまでは動画も撮影して、公開している。BGMの作曲も歌も演奏も自分だ。コンテンツを作ることも、それで様々な反応が返ってくることも楽しかった。

それで儲けたいとか、店を経営したいとか、そういう野望があるわけではないので、料理人になりたいという夢とは違っていた。

たぶん、自分は自分のおむすびを美味しいと喜んでくれるひとを見るのが好きなのだろうと、司は思っていた。

このまま故郷の町で、おむすびを握って、折り折りのレシピを考え、たまに楽器を弾いたりして、そんな人生で良い、と思っていた。

(——思うちょったんやけどなあ)

いま頭痛を抱えながら、不安で鼓動《こどう》が速くなった司は逡巡《しゅんじゅん》する。——ほんとうに、それで良かったのだろうか?

自分にはもっとできることがあって、もっと——映画や小説の主人公のように、華やかな生き方だってできたんじゃないだろうか？　都会で夢を探したり追いかけたりしても良かったのでは？　もっと若々しい、年齢にふさわしい生き方があったのでは？

（ここでじいちゃんのごつぽっくり死ぬようなことがあってん、俺、後悔せんかな）

ぎゅうぎゅうと締め付けるような頭痛のせいか、ふと兆した疑問の答えがわからなくなった。――自分は本当に幸せだったのだろうか？

実は、おとなたちがいうように、みんなのためにと頑張りすぎた、広い世界に飛び立つことをあきらめて、自分を犠牲《ぎせい》に生きてきた、かわいそうな人間だったのだろうか？

違った人生、違った司になれたはずではなかったのか。

かすむ目の端に、診療所の看板が見えた。

空港の中には、病院もあるのだろう。

寄っていこうかな、とちらりと思ったけれど、不思議なもので、その看板が目にとまった途端に、頭痛がわずかに和《やわ》らいで、あと少しなら頑張れるような気持ちになってきた。

そうすると、ぎりぎりのスケジュールの方が気になってしまう。このずきずきがいつもの頭痛なら、直《じき》に治まると思う。そう、我慢すれば大丈夫なはずだ。――けれど、万が一、明日になっても痛かったら、早めに空港に来てあの病院に寄って帰ろうかと心の中で決めた。

「カフェでひとやすみして、コーヒーでも飲んでいくかな。そしたら、もっと痛みが和らぐかもしれんし、移動しちょる間に、楽になれるかも」

病院に行くほどの時間のゆとりはなくとも、コーヒーを一杯味わい、しばし椅子に座るくらいの時間は捻出《ねんしゅつ》できるかも、と思った。せめてそれくらいは休まないと、まずいような気がする。アンテナショップに辿り着けないと元も子もないだろうと思うし。

このターミナルの地階にコーヒーを飲めるお店が何軒かあったようなおぼろな記憶がある。どうせモノレールに乗るために、下には降りなくてはいけない。進行方向だし、ちょうどいいと思った。

エレベーターはこちら、と指し示す案内図があった。わずか1フロアだけれど、あれで降りてゆこう。いつもならエレベーターはひとに譲る。颯爽と階段を駆け下りてゆくけれど、今日の頭痛に大荷物では、余裕で落下する自信があった。さすがに今日は文明の利器に頼ろう、とひとりうなずいた。

エレベーターを降りて、さて、と適当な店を探す。どこからともなく、コーヒーの香りがするような、と思いながら、のろのろと歩き出す。額に汗がにじむのを感じて、ハンカチで拭《ふ》いた。頭痛の波とともに、ゆるゆると疲れが押し寄せてきて、ああこのまま床に座り込んで休みたい、と、つい考えたとき、ふと――ふと耳に、懐かしい旋律が聞こえた。

ピアノの音だ。

ぽろん、ぽろん、とあたたかな、懐かしい音がする。けっして上手ではない、どこか指先で音を探りながら弾くような、たどたどしい弾き方だった。

けれど、楽しげな、ほっとする音だった。

どんなひとが弾いているんだろう、と思った。

BGMではない。あたたかなひとの指が奏でる音色だと思う。――だけど、空港にピアノ？

（どこじゃろう？）

音楽も楽器も好きだから、耳を引っ張られるように、音に惹《ひ》かれた。

（ありゃ、そう『夢路より』だ……）

子どもの頃に、好きだった曲。

たしか、フォスター作曲の歌曲――といったっけ、とにかく外国の昔の歌で、司はクラシック音楽のことは詳しくないけれど、サビのところがかっこいい曲だった。うたうと気持ちが良いのだ。子どもの頃は、友達ふたりにオルガンやリコーダーで伴奏してもらいながら、うたったりした。

そう、あの六年生のときに仲良しだったふたりと一緒に。十数年も昔の、子どもの頃の友達。あの子たちも『夢路より』が好きで、だからよく、三人で放課後の学校でうたい、演奏したのだ。久しぶりに思いだした。耳の底にまだ、ふたりの歌声や奏でる楽器の音が残っていた。楽しげな笑い声も。

（ふたりとも、元気にしちょるかな）

泣き虫の女の子は六年生の終わりに寂しそうに転校していった。もうひとりは中学から都会の私立の学校に進学したので、それきり、離ればなれになってしまった。

（なんか、あんふたりにも、謝られてばかりやったなあ）

自分たちなんかに優しくしてくれてありがとう、友達でいてくれてありがとう。ごめんなさい、といつもいわれていた。

（たしかに、助けたことはあるけどさ）

そんなの、友達だもの、当たり前だろう、と当時は思っていたし、おとなになったいまも、振り返ればやはり同じように思う。

女の子とは、四年生の頃から同じクラスだった。席が前と後ろでそれをきっかけに話すようになった。うっかり落として転がった消しゴムを拾ってくれた、そのときの笑顔が優しかったのが良いなあ、と思ったのを覚えている。

当時の担任の先生が、給食を残すととても怒る、いささか時代遅れな感じの先生だった。給食を全て食べきるまでは、お皿を下げることを許してくれない。クラスのみんなに嫌われていたけれど、怒ると怖いので、誰も文句を言えなかった。

女の子は、プチトマトがどうしても食べられなかった。目に涙を一杯にためて、ずっとお皿の上にうつむいていた。

見かねた司は目にもとまらぬ速度で、女の子のトマトをつまみ上げ、食べた。

耳元でそっといった。

「俺、トマト好きやかぃ、いつでん食べてやるよ。こっそり渡してくれたら良いか」

そのとき、女の子の目が涙でダイヤモンドのようにきらめいたのを、司は忘れない。

クラスのみんなは、その先生が嫌いだったので、司がその子のトマトを食べても、みんな内緒にしてくれた。でも、ひとり、いたずらっぽい子が、

「代わりに食べてあげるって、その子のこと、好きなんでしょ？」

そういって、司と女の子の顔を代わる代わる見て、笑った。

女の子は、顔を真っ赤にしてうつむいた。

司は笑うと、一言いった。

「うん、てげ好きやとよ」

うつむく女の子の肩を叩きながら。

「俺はトマトが何よりも好きなんさ」

そういわれてしまうと、司はふだんから美味しいものに目がないとみんな知っているものだから、みんな納得してしまった。

たぶん、あのときの流れ次第では、変な風にからかわれたりしたのだろうと思うのだけれど、そうはならなくてよかった、と司は女の子のために思った。

自分は嫌なことはすぐに忘れてしまうたちだし、からかわれても笑われてもどうってことはない。だけど、繊細《せんさい》で泣き虫な、あの女の子が笑われるのはかわいそうだった。

女の子は何度も小さな声で、ありがとう、といった。

本が好きな男の子とは、五年生から同じクラスになった。席がたまたま隣になって、ふたりとも本が好きで、学習塾が一緒だったせいもあって、たまに会話するようになった。といっても話しかけるのは司の方で、無口なその子はもっぱら、本を広げてうつむいたまま、司の言葉にうなずいたりするばかりだったけれど。

そんなある日、漢字のテストで、その子がカンニングを疑《うたが》われることがあった。テストの最中、紙切れにテスト範囲の漢字を書き込んだものが、ふたりの机の下辺りに落ち、そばを通り過ぎた担任の先生がそれをそっと拾い上げたのだ。

ふたりは放課後に、ひとのいない教室に呼び出された。そのときには、男の子は真っ青になって震えていたし、司は先生が拾い上げたものを目にしていたので、何があったか悟っていた。

先生は穏《おだ》やかに、男の子に訊いた。

「どうしてこんなことをしたのか、話してごらん」

でも男の子は震えるばかりで、何も答えなかった。真っ青になって、生きている死体のようで、司はそんな風になっている、心底怯えている人間をそのとき初めて見た。

そして、司は知っていた。たまたま塾で見かけたその子のお母さんが、それはもう恐ろしい教育ママだということを。みんなの前で、テストで成績が悪かった我が子を罵《のの》り、張り倒すようなひとだったのだ。きっとこの子はあのお母さんに叱られたくなくて、カンニングをしたのだろうと閃《ひらめ》いた。

だとしたら、そのカンニングが先生に見つかった、なんてことがあのお母さんにばれたら、この子は洒落じゃなく、殺されてしまうんじゃないかと司は思った。

だから、司はいったのだ。

「先生、そん紙切れ、俺が書いた」

「えっ」

先生は絶句したけれど、それよりももっと驚いたのが、青ざめていた男の子だった。

先生が、信じられないという顔をして、司に訊ねた。

「ということは、その、おまえがカンニングをしたということになるが……？」

「はい」

あっけらかんと、司は答え、勢いよく頭を下げた。

「すみませんでした。つい出来心で」

頭をかいて、ははは、と笑った。

笑うしかなかった。だってこんなとき、どんな表情をしたら良いかわからなかったからだ。

まあ、自分がカンニングをしたということになっても、自分の両親はこの子のあの恐怖のお母さんほどは怒らないだろうと思った。

それなら良い、と司は思った。両親をがっかりさせることになるかもしれないけれど、いまは謝って、いつかほんとうのことを話そう。それできっと、わかってくれる。

（先生からん評価が下がっとは悲しいなあ）

とは思った。司は、優しい先生が好きだった。可愛がられてもいた。

（がっかりしたかな――したよね）

期待を裏切ったことになるのかと思うと胸が痛んだ。申し訳なかった。そのとき、先生はやれやれというように笑い、そして、司と男の子の肩に手を置いて、いったのだ。

「どちらがしたにしろ、二度とこんなことはしないと約束できるか？　それが誓えるなら、このことは先生と君たちだけの内緒の話にしておくと約束しよう」

「はい」

司は元気に答え、隣でぐずぐず泣いていた男の子も、泣きながらうなずいたのだった。

六年生になった頃には、ピアノの上手な女の子と、本が好きな男の子と、よく三人で時間を過ごすようになった。なんだかとても気が合ったのだ。きょうだいのように。

その学校には、校庭のはしっこに、旧校舎と呼ばれる、いずれ取り壊される予定の古く小さな木造の校舎があり、そこの音楽室に置かれているピアノやオルガンを、よくみんなで弾きにいった。朝の早い時間や、放課後、それと休日にこっそりと。

小さな音でピアノを弾き、オルガンをそっと弾き、リコーダーを吹いて、かすかな声でうたった。ひと知れず、三人だけで音楽を奏でるのは楽しかった。あの音楽室は秘密基地のようだった。

行き倒れていた猫をそこで匿《かくま》って、看病したこともある。

司がおむすびを握っていって、みんなでこっそり食べたこともあった。

本が好きな男の子は、こんな美味しいおむすび初めて食べた、と喜んでくれた。世界一美味しいおむすびだ、と。

そして男の子は、自分もピアノが好きだけど、勉強の時間が足りなくなるから、家では弾けないんだ、と悲しそうにいい、女の子とふたりで、司にピアノの弾き方や楽譜の読み方を教えてくれた。

結局は先生に見つかってしまって（そりゃそうだ。見つからんはずがねぇ）、音楽室で遊ぶことはできなくなったのだけれど、みんなで弾いてうたった『夢路より』は、いまも司には、懐かしく大好きな曲だった。

そしていま。都会の大きな空港で。その地下のフロアで。

懐かしい旋律の、その音を辿って歩くうちに、司はそこにピアノがあることに気付いた。

「ストリートピアノか……」

ここ数年、街のいろんなところに置いてあるピアノは、この空港にもあったらしい。

小洒落たカフェの前に、グランドピアノがあって、白い服を着た白髪のおばあさんが、笑みを浮かべながら、ピアノを奏でていた。まわりを通り過ぎるひとはいるけれど、みんな先を急ぐのか、特に立ち止まって音を楽しんでいるひとはいないようだった。あまり派手な演奏でもないので、それもあって耳を引かないのかも知れなかった。

(優しい、いい音なんやけどな……)

勿体ないような気がした。

荷物を押す音がうるさくないように気を遣いながら、司がピアノのそばに行くと、おばあさんはふと、弾くのをやめて、鍵盤《けんばん》に指を乗せた。

「――お久しぶり」

懐かしそうに、司を見上げた。

「まあ大きく、立派なひとになって」

笑みを浮かべ、明るい声で話しかけてくれたのに、優しそうな目が涙で潤《うる》んでいた。

その目が、宝石のように青かった。

とっさに言葉が出なかったのは、目の前のこのおばあさんが知っているひとのようには見えなかったからだった。まるで、記憶にない。

(知らんひとやと――思うっちゃけどなあ)

こんなに懐かしそうに司を見つめてくれるような知り合いがいたら、記憶に残っていそうなものだ。

(絶対に忘れんごつすると思うちゃけどな。だって覚えちょらんって失礼じゃねえ)

その辺、自分が義理堅いと、司は知っている。ということは、人違いなのだろうか？

（もしかして――）

ふと思い当たったのは、そのひとの年齢が年齢なだけに、ひょっとしたら、その記憶が定かでなかったり、混乱していたりするのだろうか、という、悲しい可能性だった。

おばあさんは、この暑い季節に、白くふわふわのセーターを着込んでいた。お揃いの白く長いスカートも、もこもこと毛足が長く、見るからに冬の装い――。

父のリハビリに付き添って、脳の病気のひとびとが行く病院に出入りしていた司には、老いたひとの思考についての知識がいくらかあった。

老いてくると、ときにひとは寒さの感覚がおかしくなったり、季節に合わせた服を着ることが難しくなったりすることもある。

目の前のひとの瞳は澄《す》んでいて、セーターを着ていても、少しも暑そうではなく、すっきりとした笑みを浮かべているけれど、そういうことなのかもしれない、と司は思う。

（それなら、話を合わせた方がいいんやろか）

いまはにこにこと落ち着いているおばあさんでも、ここで司が自分はあなたを知りません、といいだしたりすれば、パニックを起こすかもしれない――そんな知識がふわりと浮き上がってきた。

なので、司はにっこりと笑って、なるべく自然な流れになるように、軽く会釈《えしゃく》した。

おばあさんもにっこりと笑い、そして、不思議な言葉を口にした。

「あのね、ずっと前に、あなたから『時間』をわけてもらったでしょう？　覚えてる？」

「——時間を、ですか？」

「ええ。あのときは、ほんとうにありがとうねえ。おかげさまで、今日まで楽しく幸せに生きてくることができました。あのときわたしは迷い子でね。おうちに帰れなくなっていたの。でも命の時間をわけてもらえて元気になったから、走って走っておうちに帰れたの。それから今日まで、ずっと幸せでした。ありがとう」

おばあさんは、深々と頭を下げた。

そして、言葉を続けた。

「わたしはもう充分生きたので、余った時間をね、あなたにお返ししたいと思うの。いかがかしら」

「時間を、返す？　ちゅうと」

頭痛のせいもあって、司は途方に暮れた、きょとんとした顔になっていただろうと思う。

おばあさんはそれがおかしい、というように笑って、そして青い目で司をじっと見つめて、ゆっくりとこういった。

「大切な、命の時間をね、お返しします」

そして、くすくすと笑った。

「だってわたし、これ以上生きたら、長生きすぎて、猫又になっちゃうわ」


そのとき、はっとした。

ずっと昔、子どもの頃に、自分の命の時間をわけてあげたいと願ったことがあったということを。

小学生の頃、あの懐かしい旧校舎の音楽室で、死にかけた白い猫を看病していた司は、痩せてやつれた猫があんまりかわいそうで、どうしても助けてあげたくて、声を上げて祈ったのだ。

「俺ん命を半分わけちゃっていいかい、やかぃ神様、こん猫を助けてくんない。俺はそん分、寿命が短うなってんいいかぃ。やかぃ、このかわいそうな猫を助けてくんない」

ふわふわとした白く長い毛が汚れ、ガリガリに痩せた猫は、立派な首輪をつけていた。どうやら元は飼い猫なのに捨てられたか迷い子になったらしい青い目の猫が、自分たちになついて甘えるのが可哀想だった。ときどき元の家を想うのか寂しげに鳴くのも見ていて辛かった。三人でおこづかいを出しあって獣医さんにつれていったけれど、先生は猫の様子を見たあと、黙って微笑んで猫には何もしなかった。「お金はいいよ」といった。猫をなでる手がとても優しかった。

捨て猫なら自分たちが引きとる。迷い子なら家に返してあげたかった。だから、自分の命をわけてあげてもいい、助けてあげたい、と思ったのだ。神様になんて祈ったのは、たしかそれが初めてだった。それまで神様がいるのかどうかとか、祈れば叶うのかとか、深く考えたことがなかったのを覚えている。司は昔も今も幸せな子どもで、叶えたいことがあれば願ったり祈ったりしないで自分でなんとかしようと思う質《たち》だったから。でも死にそうな猫は司の努力では助けられないかも知れなかった。だから、祈った。

結局、その願いが叶ったのかどうか、司は知らない。猫はいつの間にか音楽室から姿を消していたからだ。

いつもその猫が、その場所で、司たちのピアノやオルガンや、歌声や笑い声を聴いていた、古い段ボール箱だけをそこに残して。

空港のストリートピアノの前に座っていた白髪のおばあさんは、椅子から立ち上がり、優しい青い目で、司を見上げた。

と、見る間に、その姿は長い毛並みの美しい白い猫になって、にゃあ、と一声鳴くと、人混みの中に紛れるように、一瞬で姿を消した。

「――なんね、いまの？」

司は途方に暮れた。途方に暮れるあまり、強い目眩がして、目の前が真っ暗になったくらいだ。

司はよろめいて、なんとか荷物につかまって、その場に立った。暗い視界の中に星が散るようだった。

うつむいて、息をつきながら、いま自分が見たものはいったい何だったのだろうと考えた。

「おばあさんが、白い猫になって――どこかに消えていってん……」

そんなことがあるわけがない。猫が、人間の寿命を半分もらって、それで長生きして、もう充分に生きたからと感謝して、残りの時間を返しに来たって――そんなこと。

「命ん時間、か……」

何気なく呟き、目を上げて――司は自分の目を疑った。

地階にいたはずなのに――カフェのそばの、ストリートピアノの近くに荷物とともに立っていたはずなのに、いまの司は、ターミナルの一階の、到着階にいた。

荷物とともに、ターミナルに出てきたところのようだった。

「——そんげ馬鹿な」

とっさに腕の時計を見る。

針が指すのは、さっきここに降り立ったときに確認したよりも、ずっと早い時間だった。

この空港に飛行機が降り立つはずの本来の時間だったのだ。

まるで飛行機の離陸と着陸の時間がわずかも遅れなかったような、その時間に司はこのターミナルにいたのだった。

「夢でん見よるんか、俺」

頭痛のせいで混乱しているのかと思った。

もしかして、この頭痛はよっぽどひどいものなのだろうか？

認知がおかしくなるくらいに。そう思うと、怖くなった。

時間もあることだし、と、司は大きな荷物を転がすようにして、診療所に向かったのだった。


その五日後。

帰りの飛行機のチケットの日程を変えた司は、故郷の空港に帰るために、ターミナルを訪れていた。

「あん日、診療所に行って良かったなあ」

結局、それが運命の分かれ道になった。お医者様に勧められて、空港の近くの大きな病院で検査したところ、脳の血管にこぶが見つかった。今回の頭痛はたぶん片頭痛、こぶとは関係ないだろう、ということだったけれど、このこぶが破れる前に見つかって良かったといわれた。

検査のため入院し、とりあえず今は手術の必要はないといわれ、ついでに片頭痛の治療を受けて、そして今日、司は無事に故郷の町へ帰ることになった。これから多少は気をつけて生きていかなくてはいけなくなるだろうけれど、こぶの存在もわかったのだから——結果的に長生きできるようになるかも知れないね、と、先生は笑顔で話してくれた。

「きみはね、運が良かったんですよ」

五日前、ここに降り立った日と同じ、昼下がりの明るいターミナルの中にいると、司は不思議な気持ちになった。

もしかしたら、あのとき、診療所に行かず、無理して予定通りに仕事に向かっていたら、自分はどこかで倒れていたのだろうか？

脳の異常に気付かないまま倒れて、最悪の場合、それがきっかけでこぶが破れて、寿命が尽きてしまっていたのではないだろうか？

そう思うと、すでに終わった人生の後の、本来は存在しなかった未来を生きているような気がして、不思議な感じがした。

そして、無事に生き延びて、故郷に帰れるということが嬉《うれ》しかった。アンテナショップの取材の話は流れてしまって、それだけが申し訳ないのだけれど。

「どっかで挽回《ばんかい》したいと思うちょります」

電話で上司に頭を下げて詫《わ》びると、優しい上司は泣きながら、そんなことはいいから、といった。取材にはまた行けばいいから、と。

『命があって、良かった』と。

その言葉が、しみじみと嬉しかった。

帰るところがあるというのは、いいことだな、と思った。椰子の木の葉が風になびく、故郷の町が司の帰還を待っている。

そして司は思うのだ。自分はやはり、充分に幸せな人間だと。

人生終わりにならないで良かったと思った。

（猫さん、ありがとう）

寿命を、命の時間を返しに来てくれて。振り返れば夢のような幻のような話だけれど、救われたのだと信じたい気持ちになっていた。


ふと、ポケットの中のスマートフォンが震えるのを感じた。

メールを着信したのだ。

画面を見ると、料理ブログ宛に届いたメールのようだった。

最近、ブログがきっかけでSNSで相互フォローになった、出版社勤務の編集者からだった。どうやら同世代で話も合うので、なにかとやりとりが多い。

SNSで報告した、脳の血管のことを心配する文面から始まって、いきなりの書籍化の話が続いていた。彼の勤める出版社から、司の作る手料理の本を出版させてほしい、という提案だった。ブログの記事をまとめさせてほしい、と。

その話は以前、冗談交じりのように持ちかけられたことがあった。そのときはただの料理好きの田舎住まいの素人の料理なんて、ちゃんとした本にするには向かないよ、と軽く流した。彼の勤めているのは、都会の大出版社らしかった。

もちろん、その提案は嬉しかったし、心の中にぽっちりと、小さな夢色の灯火《ともしび》が灯ったのは感じたけれど。

生涯に一冊、料理の本を残す、というのも素敵だよな、と思うようになったのだ。といっても、自分で原稿をまとめて自費出版しようかな、と思ったのだけれど。出版社から本を出すなんておそれおおい。自分の分はわきまえているつもりだった。

けれど、彼はどうやら本気だったようで、いままで社内で根回しを続け、上司や先輩たちを説得してきたらしい。企画会議を通す自信があるので、企画書を書いてもいいですか、と、うかがいをたてる文章が続いていた。

『もちろんそれは嬉しいことやけんど、なして、俺ん田舎料理なんかに声をかくるんですか?』

謙遜《けんそん》でも何でもなく、不思議だった。だからそう返信した。

もちろん司にとっては、家族のために工夫した、大切なレシピの数々だ。家族に、そして食べてくれるひとたちに笑顔になってほしい、喜んでほしいと思って作ってきた、誇らしく愛すべき料理の数々ではあるけれど、どれも簡単に作れ、親しみ深い優しい味である代わりに、ありふれた、素朴で平凡なものでもあるだろうとわかっている。

『司くんの料理は、世界一ですから。特におむすびは。ぼくはよく知っています。だって昔、食べましたもの。あの懐かしい音楽室で。おむすびのレシピもいれましょうね』

返ってきたメールで、編集者はその本名を名乗り、楽しげに懐かしい日々のことを書き綴《つづ》ってきた。

『司くんは覚えていないかもしれない。子どもの頃の、ほんの数年のつきあいでしたものね。でもぼくは、あの怖くて悲しかった日、司くんがカンニングしたぼくをかばい、ヒーローのようにぼくを救ってくれたことを忘れたことはありません。あんな風でありたいと、おとなになってからも思い続けていました。そしてね、ぼくはあの音楽室での楽しかった日々も、忘れなかったんです。君が握る世界一美味しいおむすびをわけてもらったことを。みんなでそっとピアノやオルガンを弾き、リコーダーを吹いて、息を殺して笑い、ささやくように、うたったことを。白い猫をなでたことを。

おとなになったぼくは、子どもの頃の希望の通りに、出版社に勤め、本を作るひと――編集者になりました。

本を作るための出会いを求めて、ネットの海をさすらっていたぼくは、そして、ある日、司くんの料理ブログと出会ったんです。プロフィールの名前と年齢と、住んでいる町の名前、そして、レシピを見れば、それが間違いようがない、あの尊敬すべき、子どもの頃の親友だとわかったんです。再会がどんなに嬉しかったことか。

いまのぼくはあの頃よりは多少は強くて、明るいおとなになりました。すべては君を目標に生きたからだと思います。だけど、なかなか名乗れなくて。だってぼくのことなんか、忘れてしまっただろうと思ったし。ずっと昔のことですしね。本の企画が通りそうなめどが立ったら、名乗ろうと心に決めて今日になりました。

料理の本を作りたいのは、司くんの料理の美味しさを世界中のみんなに届けたいからです。みんなに世界一のおむすびを握ってもらいましょう。いまの世界は悲しいことが多くて、おとなも子どもも、ついつい泣き顔になることも多い。あの頃のぼくらみたいに、優しく美味しいものを食べて、幸せな笑顔で、笑ってもらいたいと思うんです』

司は、ほのぼのと幸せな気分で、『夢路より』を口ずさんだ。小さな声でそっとそっとうたった。子どもの頃のように。

「ピアノ、弾いてみようけ」

故郷に帰る飛行機が離陸する、その時刻まではたっぷりと時間がある。体調がまだ万全ではないので、ゆとりを持って行動できるように、早めに空港に着くようにしたのだった。荷物を飛行機に預けたり、宅配便で送ったりして身軽になってから、地階に降りようと思った。

五日前に飲み損ねたコーヒーを飲んで、ストリートピアノに触れてみようかと思った。

誰もいなかったら、懐かしい曲を弾こう。

（待てちゃ。ストリートピアノ、ほんとうに地下にあっちゃがな……？）

いまとなっては、あの日の経験は、どこまでが現実でどこからが夢なのか——いやすべてが夢の中の出来事なのか、それすらも曖昧《あいまい》な気持ちがしていた。

エスカレーターでゆっくりと地階へ降りてゆく。

下のフロアの様子が見えてくるにつれて、ピアノの音が聞こえてきた。——ピアノはほんとうにあった。そして誰かがそのピアノを弾いているようだ。

一瞬、あのおばあさんの姿を思ったけれど、あのあたたかなピアノの音色とは違う、くっきりと澄んだ、弾き慣れたひとの奏でる音色だった。流行り歌を静かなアレンジで、メドレーのようにして弾いているようだ。とても巧い。よく動画サイトで見るような、動画配信者なのかもしれない。

ひとが集まっていて、一曲終わると拍手が湧き起こったので、もしかして、人気配信者なのかも、と、司は思った。興味が湧いた。

その音があまりにも綺麗で強く、そしてどこか懐かしかったこともあって、司は導かれるように、ピアノのそばに近づいた。

華奢《きゃしゃ》な姿の、長い髪の女性がピアノの前にいた。白い指が魔法のように音を生み出してゆく。鍵盤の上にうなだれるその感じは、か細くて、小さくて、少女のようだった。

ふと、演奏を見ていた子どものひとりが、リクエストらしきタイトルを叫んだ。子どもたちに人気のアニメの主題歌だった。かっこよくて壮大な曲だ。

演奏していたひとは、楽しげにうなずき、そして、まるでオーケストラがそこに舞い降りてきたような迫力のある音色を、彼女は奏で始めたのだった。

全ての音を従えるようなその姿は、時に恐ろしささえ感じさせる、美しく大きな魔物のようで——。

司は、もしかして、と思ったのだった。

そんな奇跡があるとは思えないけれど、このひとはもしかして、と。


ひとしきり演奏を終え、彼女は集まっていたひとびとに深々と頭を下げた。聴衆は満足そうに三々五々散っていった。彼女に握手を求めたり、記念撮影をしたりするひとびとがいたので、やはり有名な配信者なのだろう。

そして彼女は、司の方を振り返り、録画に使っていた機材をわたわたと片付けながら、どうぞ、と、椅子を譲ろうとする。いつまでもピアノのそばにいたので、順番待ちをしていると思ったのだろう。

その不器用な様子が遠い日の少女を思いださせた。何よりもいまは去っていったひとびとが彼女を呼んだ名前が懐かしい名前と同じだった。

「あ、いえ俺は弾かんでん……」

怪訝《けげん》そうにまばたきする彼女に、司はいった。

「もしリクエストができるなら、『夢路より』をお願いしてえやけんど——子どもん頃ん思い出ん曲なやかぃ」


司の言葉の響きが懐かしいと、彼女は笑った。うるんだ目を白い指で拭って、泣き笑いをするように。

「とてもあたたかいアクセントと、イントネーション。わたしね、子どもの頃、疲れたときや寂しいときは、いつも、司くんの言葉を思いだしていたの。あの懐かしい町の言葉、ずっと聴きたかった。おとなになったらあの町に帰るんだって、夢見てたの」

そして、今日、このピアノを弾きに来て良かった、といった。彼女はいまはアルバイトをしながら、プロの弾き手を目指して、各地のストリートピアノを弾いて腕を上げているところなのだそうだ。この空港にはピアノが三台あって、よく練習に訪れるのだという。

「今朝、夢に猫さんが出てきたの。覚えてるかな。子どもの頃、ほら六年生のときに、古い校舎の音楽室で看病してた、あのふわふわの白い猫。青い目の。ここで待ってるって、夢でいったから、あの子に会いに来たの。

そんなことあるかなって、そりゃ思ったけど、でも猫さんのことも、あの頃のことも、思いだしたらあんまり懐かしくて、嬉しかったから」

そのひとは、昔と同じ、繊細で優しそうな瞳で、どこかを見つめた。

「猫さんには会えなかったけど、司くんには会えたね。ああやっぱり、来て良かった」

白い頬をうっすらと桃のように染めて、恥ずかしそうに笑った。


ピアノのそばのカフェで、コーヒーを飲みながら、いろんな懐かしい話をした。

あの頃のもうひとりの友達が、いまでは出版社に勤めているらしい、料理の本を出したいといわれて、なんて話も。

彼女は目を輝かせ、そしていった。

「わたしも司くんのおむすび、世界一美味しいと思うの。お料理の本、絶対成功すると思うな。大ベストセラーになるんじゃないかな」

本が出るときには、自分が動画で宣伝してあげるね、といった。

「だって、司くんは、あの頃のわたしの恩人なんだもの。プチトマト、食べてくれてありがとう。あのね、わたしもね、友達のためにプチトマトを食べられるようなかっこいい人間になりたいって、あれからずっと思ってたの。そう思い続けて、いまはなかなか強いおとなになれたと思うんだ」

司はたしかに、と笑顔でうなずいた。

「まあ、俺はほんとにトマトがてげ好いちょったんちゃ。やかぃ、そうかっこいいわけじゃ」

そういってつい誤魔化すと、なぜだか彼女はつまらなそうに口を尖《とが》らせた。

そして、彼女は少しだけ照れたように、恥ずかしそうに、いった。

「あのときね、本当はすごく嬉しかったんだよ。『大好き』っていってくれたとき」

司が一瞬言葉を失うと、彼女はふふっと楽しそうに笑った。

そして、立ちあがり、ピアノの前の椅子に座り直すと、懐かしい曲を、静かに奏で始めた。

大きな空港のターミナル。その昼下がりの地階のフロアに、澄んだピアノの音色は響いてゆく。

それはどこか、海のさざ波の様子にも似て、昔の外国の優しい歌は、行き交う旅人たちの耳に触れ、心に触れて、ゆるゆると広がってゆくようだった。

人波に紛れ、司はふと幻を見た。白い猫が長い毛をなびかせてフロアを駆けてくる。猫はピアノのそばに駆けよると、立ち止まり、その音色に耳を傾けるように顔をあげ、青い目を細めてにっこりと笑った。見る間にその背に翼がはえ、そして猫ははばたくと、天井へと舞いあがり、姿を消した。

一瞬、青い空が見えたような気がした。猫がはばたいていった、その空が。

幻だろうと思った。けれど気がつくとピアノを弾いていた娘もまた視線を上に上げていた。

ここ地階からは見えないはずの、青い夏の空をきっと見ていた。

ふたりは、顔を見あわせ、微笑みあった。

あとがき

　羽田空港をモデルにした巨大な空港と、そこにひととき佇《たたず》むひとびとの想いを描いた物語、『風の港』、おかげさまで、多くのみなさまに読んでいただけ、二巻にあたる今回の本も刊行させていただけることとなりました。

　春の一日を描いた前回の本と違って、今回は、四季折々の空港を舞台にしています。わたしは桜咲く春も好きなのですが、冬も大好きです。特にクリスマスの頃の空港の姿は毎年心躍《おど》るものなので、今回クリスマスの空港を舞台にした物語を収めることが出来て嬉しく思っています。また実は、この物語（『十二月の奇跡』）は、空港で過ごす時間をテーマとした物語群をわたしが企画したとき、最初に思いついた物語の一つであり、特に気に入っていたものでもあったので、今回活字に出来て、ホッとしています。

　さて、ここ数年の流行病は、いまもけっして収束したとは言えず、それでもありがたいワクチンが開発されたこともあり、以前よりは空港を訪れる機会も戻ってきました。完全に昔と同じ自由で気楽な世界はおそらくはもう戻ってこないのでしょうけれど、今日よりは明日、明日よりはさらに未来と、より健《すこ》やかな時代が訪れることを信じ、祈っていたいと思います。病の研究を進め、それを癒やし、またこの世界を維持しようとする様々なお仕事をなさっている、日本や世界の幾多のひとびとに感謝しつつ。ともに同じ時代を生きるひとびとに、がんばって生きていこうね、とそっと心の中で声をかけつつ。

前回に続いて美しい絵をいただいた、水谷有里さん、完璧な装幀の岡本歌織（next door design）さん、ありがとうございました。永遠に眺めていたいような素敵な表紙に感謝。

校正と校閲の鷗来堂さん、雑誌連載の時お世話になりましたみね工房さん、物語の世界をともに旅していただき、ありがとうございました。そして今回は、物語の中の、富山の言葉と宮崎の言葉をお二人の方に「翻訳」していただきました。TSUTAYA BOOKSTORE小杉町店の鳥山孝治さん、明林堂書店浮之城店の大塚亮一さん、登場人物が語る言葉に、あたたかな命を吹き込んでくださって、ありがとうございました。

この本が出る新しい年が少しでも良い年であるように祈りつつ

二〇二四年十一月二十日

村山早紀

富山弁監修　鳥山孝治
宮崎弁監修　大塚亮一

本書は「読楽」二〇二三年十二月号〜二〇二四年八月号に
掲載された「風の港2」に、加筆修正したものです。
なお、本作品はフィクションであり、実在の個人・団体等
とはいっさい関係がありません。

村山早紀《むらやまさき》

一九六三年長崎県生まれ。『ちいさいえりちゃん』で毎日童話新人賞最優秀賞、第四回椋鳩十児童文学賞を受賞。著書に『シェーラ姫の冒険』『アカネヒメ物語』『百貨の魔法』『魔女たちは眠りを守る』『不思議カフェ　ＮＥＫＯＭＩＭＩ』『さやかに星はきらめき』『街角ファンタジア』、シリーズに「コンビニたそがれ堂」「花咲家の人々」「竜宮ホテル」「桜風堂ものがたり」など多数。共著に『トロイメライ』。エッセイに『心にいつも猫をかかえて』がある。

風《かぜ》の港《みなと》　再《さい》会《かい》の空《そら》

二〇二五年一月三一日　初刷

著　者　村山早紀
発行者　小宮英行
発行所　株式会社　徳間書店
〒一四一－八二〇二　東京都品川区上大崎三－一－一
目黒セントラルスクエア
電話［編集］〇三－五四〇三－四三四九
［販売］〇四九－二九三－五五二一
振替　〇〇一四〇－〇－四四三九二
組版　株式会社キャップス
本文印刷　本郷印刷株式会社
カバー印刷　真生印刷株式会社
製本　ナショナル製本協同組合

落丁・乱丁はお取り替えいたします。
ISBN 978-4-19-865944-8

凪の港

村山早紀

夢破れて、故郷の長崎へ戻る亮二は荷物をまとめて空港へいくと、似顔絵画家の老紳士と出会い、思わぬ言葉をかけられる。

　恵と眞優梨は33年ぶりに空港で再会する。当時のすれ違いと切ない思い出を名香の香りに乗せて。

　老いた奇術師幸子は、長い旅の果て、故国の空港に降り立つ。自分の人生が終わりに近いことに気づき、来し方を振り返る。

　人生はいつも旅の途中。どうぞ、いい旅を。

単行本／電子書籍